三千世界のあの子に焦がれ

1

「……太常。大家は木に吊るすものだと思ってないか？」

季節は、二十四節気で言うところの『穀雨』となった。

『春雨降りて百穀を生化すれば也』――まるで田畑の準備が整うのを見計らったかのように、柔らかな春の雨が降るころとされている。不安定だった春の天気も徐々に安定し、日差しも強まってくるのだそうだ。

ちなみに、『穀雨』の前の季節を『清明』という。『万物発して清浄明潔なれば、此芽は何の草としれる也』――つまり、空は青く澄み渡り、陽光は明るく万物を照らし、爽やかな風が吹き抜ける。すべてが生き生きと息づく、生命に満ちた清らかな季節のことだ。

しかし、かの有名な『晴明』が遺したもののせいで、そんな『清明』な季節が僕に訪れるはずもない。空が青かろうが、太陽が輝こうが、爽やかな風が吹こうがまったく関係ないし、それが僕――吉祥真備の心を慰めることもない。

僕は未だ、『二十余年生きてきた中で一番の不憫』の真っ只中にいる。

幽世(かくりよ)の屋敷――。楠(くすのき)の大樹の青々とした葉が、風にざわりと揺れる。

その太い枝に、縄(なわ)で縛(しば)り上げられた上で吊るされている僕を見上げて、太常はにっこりと笑った。

「まさか。そのようなことはございませんよ。ですが、仕事をしない大家など、縛られても、木に吊るされても、そのまま一刻ほど放置されても仕方ないと思いませんか？」

「いや、まったく思わな……えっ⁉　ちょ、待て。一刻⁉　二時間も吊るしておく気かよ！　その時間こそ無駄だろ！」

白の指貫(さしぬき)に、黒の袍(ほう)。垂纓冠(すいえいかん)。鞾沓(かのくつ)。手には檜扇(ひおうぎ)。艶(つや)やかな黒髪はきっちりと結われて、一筋の乱れもない。スラリとした長身と、僕を映す双眸(そうぼう)が太陽のごとき輝かんばかりの金と絶望を映したかのような漆黒(しっこく)のオッドアイであることを除けば、相変わらず平安時代の官吏(かんり)そのもののような姿。

かの安倍晴明(あべのせいめい)が従えた最強の式神――十二天将。その一人、南西を守護する吉将・太常。象意(しょうい)は五穀や衣食住など、生活の幸を象徴するものだそうだ。また、『四時の善神』なんて呼び名もあるらしいけれど、名付けたヤツに問いたい。コイツのどこが善神だというのか。

善の意味わかってんのか。

そんな太常は、僕の反論に愕然(がくぜん)とした様子で息を呑(の)み、檜扇で口もとを覆った。

「なんと！　今、無駄と仰いましたか？　己の行いを冷静に省み、過ちがあればそれを悔い、自身をきつく戒め、二度と繰り返さないように改める。そんな——自省なくして、成長などありえぬもの。それなのに、その時間が無駄と？」

「……いや、そうじゃなくて……」

やめろ。馬鹿。そんな言い方したら、僕が反省もできないドクズみたいじゃないか。違う。そうじゃない。僕が言いたいのは、こちらにも都合ってもんがあるってこと。それを完全に無視して大家の仕事をしろとうるさく言われても、困るんだってば。

「あのなぁ、太常。僕にも生活ってもんがあるんだよ。わかるか？　もしかしたら、食事も睡眠も別段必要としないお前にはピンと来ないことかもしれないけれど、今は何よりもまず就職活動。それが最優先なんだよ」

「ああ、やり直しをすることになったアレでございますね？」

——そのとおりだけど、それ、いちいち言わなくてもよくないか？　地味に傷つくから、やめてくれ。

だけど、間違ってはいない。腹立つことに、何一つ。

内定をもらっていた会社が、四月を目前にして、経営破たんした。祖父の葬儀を終えた、わずか二日後のことだった。

数日後には、研修がはじまる予定だった。もちろん、翌週の四月一日からは正社員として、新たなスタートを切る——そんなタイミングで、まさかの就職先が潰れるという不幸。

　だから——ああ、そうだよ。そのとおりだよ。大学を卒業した今、僕は絶賛無職なんだ。早急に就職活動をやり直さなくてはならない状況なんだよ。

　一円にもならない大家業務に、時間も労力も割いてられないわけ。わかる⁉

「いいか、太常？　僕は今まで、貧乏とまではいかないまでも、祖父の年金が中心の倹しい生活をしてきたんだ。当然、預貯金なんてものは微々たるものしかない。家と土地は祖父が遺してくれたけど、でもそれを維持するのにだってお金はかかる。とてもじゃないけれど、遊んでいられる状況じゃないわけだ」

「ええ、もちろん。遊ぶ暇など微塵もないことは、理解しておりますよ」

　檜扇で口もとを隠したまま、太常がこれでもかとばかりに優雅に微笑む。

「わたくしも、ここ三日ほど主さまがこの幽世の屋敷にまったく顔を出さず、大家の仕事を一切しなかった理由が『遊んでいたから』だとは思っておりませんよ。もしも、その認識が間違っているのであれば、仰ってくださいませ。木に吊るす程度では足りませんので」

「いや、あってるあってる。遊んでて来なかったわけじゃない。その認識で間違ってない」

間違ってないけど……遊びが理由でサボってたら、いったい何するつもりなんだ、お前。

「じゃあ、この扱いはおかしくないか？　確かにここ三日ほど、こっちには来なかったよ。でも僕は遊んでいたわけじゃない。これから生きていく上で、絶対に必要不可欠な『職』を得るために必死で奔走(ほんそう)していたんだよ」

　それの、いったい何が悪いって言うんだよ？

「しかも、それで二週間も三週間も音信不通だったっていうなら怒っても仕方がないけれど、たかだか三日だぞ？　三日！　それでなぜ、木に吊るされなきゃならない？」

「……たかだか三日、と？」

　僕の言葉に、太常がピクリと流麗な眉をひそめる。――あ。ヤバい。これは余計なことを言っちゃったぞ。

「……あー……えっと、今のは……」

「主さまは、このお役目の重要性をわかっておられないご様子」

　檜扇をパチンと閉じて、太常がまっすぐに僕を見据える。

　僕と同じ――光と闇のオッドアイが、強い意思に煌(きら)めく。

「この日の本の国の命運は、主さまの双肩にかかっているのですよ？」

「………………」

　その強い視線に、僕はグッと言葉を詰まらせ――やれやれとため息をついた。

岡山県浅口市は、阿部山――。そこに、祖父より受け継いだ『一坪の土地』がある。

備中は、日本の陰陽道の祖――吉備真備を産んだ土地らしい。その末裔である賀茂忠行、息子であり、安倍晴明の師でもある賀茂保憲も、この地で修業を積んだのだそうだ。

太常曰く、ここは陰陽道に携わる者の聖地とも呼べる場所なのだという。

安倍晴明は、自身の死後も帝を――この日の本の国を守るため、霊験あらたかなこの地に国を守る礎として――結界として、自らの千の道具を封じたのだと、太常は言った。

安倍晴明が遺した、千の道具が眠る屋敷――。

それこそが、『一坪の土地』の秘密だった。

遺産としてそれを受け継いだことによって、僕は『一坪の土地』の所有者になると同時に、『安倍晴明が遺した千の道具』の主となった。いや……なってしまったと言うべきだろう。

一坪の土地の所有者――安倍晴明が遺した千の道具の主。聞こえだけはとてもいいけれど、実際のところそれは、その時代の最も運が悪い人間に与えられる最大の貧乏くじと言っても過言ではないのだから。

だって、そうだろう？　安倍晴明が生きた時代から千年以上――。その間に道具の一部は壊れ、一部が逃げ出し、一部が使用不能となってしまったという話だ。

つまり、この国の守護は不完全な状態。

今までは、それでもなんとか凌いでこれたけれど、それでも徐々にこの国は膿み、人々は病み、疲れてきているという。

太常は曰く、『次に何かが起こった時は、おそらく耐えることはできない』とのこと。

日本が滅びるだなんて、そんなこと言われてもいまいちピンと来ないけれど――それでもあの言葉の衝撃は、今でも鮮やかに胸にある。

『この国は、沈みます』

嘆くでもなく、慄くでもなく、淡々と――太常は告げた。だからこそ、わかってしまった。

それは『懸念』や『危惧』といった類のものではなく、ただの『事実』なのだと。

そうならないために――僕は『一坪の土地』を受け継いだ者として、『安倍晴明が遺した千の道具』の新たな主として、この屋敷の修復をしなくてはならないのだそうだ。そして、今ここに在るすべての道具の目録を作り、その管理を。さらには逃げ出した道具を取り戻し、この国の守護を本来のあるべき姿に戻さなくてはならないという。

あの稀代の陰陽師・安倍晴明ならばいざ知らず、神さまやあやかし関係の知識もなければ、霊的な力があるわけでもない。太常の力を借りなければ、あやかしを見ることすらできない、これでもかってほど見事な『凡人』の僕がだ。

これを、貧乏くじと言わずになんと言う？

「……今のは不適切な言葉だった。素直に謝る。日本が滅んでもいいと思っているわけでもなければ、お前たちの存在を軽く扱うつもりもないよ。一坪を受け継ぐと決めたからには、やるべきことはきちんとやろうと思ってる。……凡人の僕にどれほどのことができるかは、まだわからないけれど」

ため息をつきながら謝ると、太常がツーンとしたまま一言、「よい心がけですね」とだけ言う。ああ、もう、悪かったってば。ちょっとした言葉のあやだって。ツンツンすんなよ。

「でもさ、僕にも生活ってもんがあるんだよ。この屋敷と道具たちの管理にすべての時間を使うことなんかできないわけ。大家としての役目を頑張って全うして国が守られたとしても、僕自身が職なし金なしで生きていくことができなかったら、僕的には本末転倒だろ？」

国のために、一人だけ犠牲になる気はないぞ。安倍晴明が遺したこの国の守護を再構築し、正しく機能させて、さらに千年――この国を存続させて、今以上の繁栄を築き上げることに異を唱える気はない。それが一坪を受け継いだ僕の役目だというなら、頑張りもする。

だけど、その役目のために、自分の人生を諦める気なんて毛頭ない。国を守ると同時に、自分自身のささやかな幸せを手にしてこそ、大団円だろう？

「大家としての役目を疎かにする気はないけれど、僕には最低限の生活を守る義務も権利もあるはずだ。違うか？」

　太常の目を見てきっぱりと言うも、しかし間髪容れず、「仰りたいことは理解できますが、その自身の生活を守ることに重きを置いたばかりに、この日の本の国が滅びてしまっては、それこそ本末転倒ではございませんか？」と切り返される。う……そうだけども！

「国の危機を乗り切ってからでもいいでしょう。生活の安定とやらをはかるのは」

「か……簡単に言うけど、お前、自分がいったい何を要求したか、わかって言ってるのか？　知識も能力も最高レベルの安倍晴明ならともかく、どちらもゴミカス以下の『凡人』だぞ？　あんなこと、一朝一夕でできると思ってんのか？」

「もちろん、思っておりませんとも。ならばこそ、毎日少しずつ積み上げてゆくことが大切なのです。稀代の陰陽師であった先の主であれば、主さまの仰る『たかだか三日』の遅れは問題になりませんが、主さまはご自身で仰るとおり『ゴミカス以下のクズ』なのですから、それが致命的な命取りになりかねない」

「……う……」

　再び、声を詰まらせてしまう。そ、そう返してきたか……。――っていうか、待て。コラ。『ゴミカス以下のクズ』ってなんだ。さらっと改変するなよ。

「主さまの仰るとおり、わたくしの要求はとても厳しいものです。わかっておりますとも。主さまの能力を考えれば、途方もないことと感じるのも無理はないかと」

閉じた檜扇でトンと口もとを叩いて、太常が僕を見上げる。

「片手間で成し遂げられるようなことではないからこそ、全身全霊を傾けてくださいませ、全力で取り組んでくださいませとお願い申し上げているのですが？」

「……それは……」

「一朝一夕でできるようなことではない？　ええ、そのとおりでございますとも。ですから、できるかぎり時間を割いてくださいませとお願いしているのです。毎日コツコツと真面目に取り組んで、ようやく成せることだと思うからです」

「……っ……」

ああ、もうぐうの音も出ない。これでもかってほどの正論だ。

でも——正論であっても、納得はできない。どう考えても、僕の就職活動や生活を犠牲にしなきゃいけないのは違う。絶対に間違っている。

だけど情けないことに、どう反論すればいいかわからない。悔しさも手伝って思いっきりにらみつけると、太常は僕を見上げたままフンと笑った。

「……申し訳ございませんが、一朝一夕でできるようなことではないと口にしながら三日も無駄にできてしまう神経が、わたくしにはわかりかねます」

くっ……。コイツにかかると、僕は完全に極悪人みたいだな。

「……いや、僕は……」

「しかし、浅慮なわたくしにはわからずとも、主さまには主さまのお考えがあるのでしょう。それを無下にし、無視したあげくに無理強いをしたところで、いったい何を成せましょうか。己を冷静に省みた上でご自身はどうされたいのか――これからのことをよくお考えになるとよろしいでしょう。わたくしはしばらく下がっておりますから」

「……は……？」

その不穏な言葉に、思わず目を見開く。――待て。今、なんて言った？

「た、太常⁉」

えっ⁉　何⁉　き、聞き間違い⁉　慌てて訊き返そうとするも――しかしそれよりも早く、太常がふいっとそっぽを向いて歩き出してしまう。ちょっ……待て！　嘘だろ⁉　本気で、このまま放置する気かよ！

「太常っ！」

「わたくしにはわたくしの考えがあるように、主さまには主さまのお考えがおありでしょう。一つの目的のため、それをじっくりとすり合わせる必要がございましょう」

太常が振り返り、深々と頭を下げる。そして、僕を見上げるとにっこりと笑った。

その輝かんばかりの満面の笑みに、冷たいモノがゾワッと背筋を駆け上がる。

「た、太……」

「そのためには、一度自身の考えをしっかりと整理することが必要かと。それはもちろん、主さまだけの話ではなく、わたくしも同じです」

「い、いや……ええと……」

「ですから——しばし御前失礼いたします」

「いやいやいやいや！」

太常が再度深々と頭を下げ、さっさと踵を返す。

ま、待て待て待て！　少し時間を置いて、お互いに冷静になりましょう的な、まるでちょっといいことのように言ってるけど、だったら木から下ろしていけよ！

木に吊るしたままの時点で、『少し時間を置いて、お互いに冷静になって考える』なんて詭弁でしかない！　これは完全に、そこでしばらく頭を冷やせ的な『折檻』だから！

「待てって！　太常！　おい、ふざけんなよ！」

呼べど、叫べど、ジタバタともがきまくれど、そんなものはどこ吹く風。太常は振り返るどころか、歩みを緩めることすらせず、さっさと建物の中へと入っていってしまう。

少し遠くでパタンと妻戸の閉まる音がして——僕は呆然として呟いた。

「アイツ……マジか……」

頭おかしいだろ。いや、本当に。

風がザワリと大樹の枝葉を揺らす。僕はゴクリと息を呑み、あたりを見回した。

「……マズいぞ……」

太常に限って、五分十分で戻ってきてくれるなんてことはありえない。あの鬼畜神さまはそんな生易しい性格はしていない。下手したら、本当に一刻（二時間）以上放置されるかもしれない。いや――その可能性のほうが高いだろう。

以前にも、太常が僕から目を離したことがある。そのせいで何が起こったか――。あまり思い出したくないから詳細は省くけれど、簡潔に一言で言えば、僕は『一坪』に封じられた神さまや道具たちに玩具（おもちゃ）にされた。おかげで溺（おぼ）れて死にかけるは、埋められて死にかけるは、斧を振り回す鬼に追いかけ回されて死にかけるは、もう散々だった。

基本的に、僕のことを『一坪の所有者』であり『千の道具の新たな主』と認めているのは、ごくごく一部のモノだけだ。多くは、まだそれを受け入れていない。

僕がどんな人間なのか見定めようとしているモノは、まだいい。僕を試そうとするだけで、本気で危害を加える気は（多分）ないから。だけど、どこの誰とも知れない僕が新たな主になったことに反発を覚えているモノ、この国を守るというお役目から逃れたいと思っているモノもいる。そのモノたちにとっては、僕は完全に邪魔な存在だ。

太常の手前、あからさまに僕を害そうとするモノは今のところ現れていないけれど、でもあわよくばなんて物騒な思いを抱いているモノは多いだろう。前回のアレだって、たまたま無事だっただけだ。下手したら死んでたぞ。

「っ……くっそ！　太常のヤツ……！」

お互いによく考えよう？　ふざけんなよ。こんなのは、自分が目を離せばほかの神さまや道具たちがどういう行動に出るか——わかった上での『折檻』だ。

「思い知れってことかよ……。太常の機嫌を損ねるとどうなるか……」

これに懲りたら、二度と大家の仕事を後回しにするな。黙って働けってなことなんだろう。

「……っ……」

ガサリと庭の草葉が揺れる音がする。僕はビクッと身を震わせ、奥歯を噛み締めた。

だけど、僕は絶対に間違ってない。そりゃ口では太常に敵わなかったけれど、でもそれは僕の考えがおかしいからじゃない。国を守るためとはいえ、僕が何から何まで——生活まで犠牲にしなくちゃいけないなんて、そんなことがまかり通ってたまるか。

そりゃ、僕だって国が——日本がなくなってしまうのは困るし、嫌だ。この国を守るため、協力することにかんしちゃ、やぶさかじゃないさ。

でも、『お国のために死ね』なんて言われて、はいそうですかなんて言えるかよ。

冗談じゃないぞ。日本国憲法にも、ちゃんと定められているんだ。第二十五条・第一項。

すべての国民は、健康で文化的な最低限度の生活を営む権利を有する。

この国を救えというのなら、むしろそれぐらいは保障してくれなきゃ困る！

「……朔……は、駄目だな……」

よく僕についてくる仙狸の朔は、勝手に屋敷の敷地内に入ることはできない。アイツは、安倍晴明の道具じゃない。屋敷の周りに棲みついたあやかしでしかないからだ。まぁ、そうじゃなくとも、アイツは性格的に長いものには積極的に巻かれるタイプだし、太常VS僕となれば、必ず太常の味方をするだろう。

華は僕の護り刀だけれど、やっぱり安倍晴明の道具じゃない。だからこそ、立場は微妙だ。安倍晴明に仕えた道具たちからしたら新参者——あるいは余所者という認識だ。

それなのに、新たな主である僕に重宝されている。

だから、僕に対して比較的好意的な道具たちからしても煙たい存在だし、僕を排除したい道具たちからしても、邪魔な存在だ。

今は、神さまや道具たちを必要以上に刺激しないためにも、屋敷の中では、僕が呼ぶまで出てこないように言ってある。

呼んでも大丈夫だろうか？　華なら、すぐに縄を切って解放してくれるだろうけれど。

チラリと、楠の大樹の根元に置かれた僕の鞄を見る。

そのまま僕は逡巡し――無言のまま、再度ぐるりとあたりを見回した。

あちこちで、カサコソと草が不自然に揺れている。おそらく『吊るされて放置されている間抜けな主』を、道具たちの一部が見に来たんだろう。

まぁ、平安鏡やら袿やら扇やらが、僕を面白がって遠巻きに見ている分には、構わないのだけれど。

問題は、道具たちではなく――。

「……ああ、もう」

そこまで考えて――僕は大きく舌打ちすると、太常が消えた建物をにらみつけた。

「なんで僕がビクビクしなきゃいけないんだよ！　悪いことなんか何一つしてないのに！」

悪いことも間違ったこともしてないのに、神どもに玩具にされるのが怖いからって白旗を上げるのかよ？　冗談！　そんな情けないことがあるか！

「ふざけんなよ！　太常！　僕は間違ってないからな！　誰がなんと言おうと、絶対にだ！

こんな虐待で言うこと聞かせられると思うなよ！　僕は折れたりするもんか！」

僕は視線を巡らせ、さらに声を張り上げた。

「見てるんだろう！　神ども！　来るなら来い！　新しい主さまが遊んでやるよ！」

玩具上等！　こうなったらとことんまで遊ばれてやろうじゃねぇか！

それで大家業務が滞ったところで、僕が知るか！　悪いのは太常だからな！

「ははっ。そういうアンタは嫌いじゃねぇな」

その時――だった。澄んだ青空に、明るい笑い声が響く。

僕は反射的に顔を上げて――大きく目を見開いた。

「白虎……？」

『傾奇者』という言葉がよく似合う、派手ないでたちの大男だった。十二天将のうちの一、西方を守護する獣――白虎。

腰まである鬣のような白い髪。羊のように曲がった大きな角に、白い腰羽。虎のような白地に黒の縞模様の尾――様々な猛獣が混ざっているという、その姿。鍛え抜かれた肉体に金色のど派手な着物をでたらめに引っ掛けている。

白虎は太常が入っていった建物の屋根にヤンキー座りをして、こちらを見下ろしていた。

「売り言葉に買い言葉って言うんだろ？　そういうの」

ニヤニヤしながらそう言って、ひょいと立ち上がる。そして、そのままふわりと宙に身を躍らせた。

「……！　わ……」

二メートル近い長身かつ細マッチョな男が、まるで体重というものを感じさせることなく、軽やかに、華麗に、僕の前に下り立つ。

そして、先ほどまでの太常と同じように僕を見上げると、仕方ないなとばかりに苦笑した。

「元気がいいのは結構なことだが……悪いこたぁ言わねぇから、神相手にそれはやめておけ。痛い目を見るだけじゃ済まねぇぞ」

悪戯(いたずら)をした子供に諭すような口調でそう言って、白虎は楠の根元に置いてある僕の鞄へと視線を向けた。

「おい、三条(さんじょう)の。いるんだろう？　主の縄を切ってやれよ」

三条の？　一瞬首を傾げて——しかしすぐにその意味を理解する。華のことだ。平安時代末期、一条(いちじょう)天皇の治世の伝説の刀工——三条宗近(むねちか)作の刀剣『子狐(こぎつね)』。

「いや、白虎。華は……」

「大丈夫だ。俺が傍にいるんだ。文句を言うヤツはいねぇよ。……多分な」

「……おい。安心させたいなら、最後まで自信もって断言しろよ。なんだよ？　最後のは」

「俺だってかなり力のある神さまだけど、それでも苦手なヤツはいるからなぁ。太常とか」

「…………」

それは、まぁ……わかる。っていうか、アイツを得意とするヤツがいるのか？

僕はやれやれと息をついて、空を仰いだ。

「……華。頼む」

「応」

僕の声に応えて、何もない空間から七～八歳の少女が姿を現す。

陽光にキラキラと輝く金色の髪。獣の瞳孔（どうこう）を持つ大きな金色の目に、さらに大きな狐耳。

ふかふかの尾。白い狩衣（かりぎぬ）に大正時代に流行（はや）ったのだという緋色の短袴（たんこ）に、黒の革のブーツ。

華はトンと飛び上がると、僕の頭の上を一閃。

「うわっ……！」

瞬間、ガクンと身体が揺れる。

落ちると思った時には、白虎の力強い腕が僕をしっかりと抱き留めていた。

「……あ、ありがとう……」

「どういたしまして、って言うんだったか？　こういう時は」

ニカッと笑って、そのまま地面にそっと下ろしてくれる。

すると、すぐさま華が僕の背後に回り、腕や手首に巻きついた縄を次々と切ってくれる。

「あ～！　スッキリした～！」

ようやく解放されて、思わず安堵（あんど）の息をつく。ああ、しんどかった！

「ありがとう。マジで助かった！」

縄が食い込んでいた両腕をさすりながら頭を下げると、白虎はカラカラと笑った。

「いーえ。これぐらいどうってことねぇよ。――それで？　これからどうするよ？　太常ともう一度ちゃんと話し合いたいなら、俺がとりなしてやろうか？　まぁ、太常が俺の言葉に耳を傾けるかどうかは別だがな」

……話を聞いてもらえないのは、僕だけじゃないのか。

「同じ十二天将なのに？　白虎は太常と同等の力を持った神さまなんだろ？」

「立場とか力とか、そういうのはあんまり関係ねぇなぁ。基本、やりたいようにやるんだよ。太常は。って言うより、神ってのは基本的にそういうもんだ」

白虎が肩をすくめて、おどけるように両手を広げてみせる。

「神の行いに善いも悪いもない。すべてが是とされる。だから俺たち神は基本的に、自身を律することも、何かを我慢する必要もない。やりたいようにやる」

「……！　それって……」

以前、朔も言っていた。神に道理は通用しない。神のすることはすべてが是。神の行いを咎め、罰することができる者など、この世には存在しないからと。

「すべてが許され、受け入れられるから……」

「ああ、そうだ。人の決めた善悪なんざ、俺たちは知らねぇ。人の理は——つまり道理は、人にのみ働くもんだ」

「……理……」

「人を殺して罪になるのは、人のみ。——そういうことだ。ヌシさまよ」

「……！」

　華の言葉に、思わず息を呑む。

　人を殺して罪になるのは、人だけ——!?

「……それは……」

「まぁ、端的に言えば、そういうこった。だから、神を挑発するのはやめておくのが賢明だ。大体、いい結果にはならねぇから」

「……わかった」

　——ものすごい説得力だった。

「で？　どうする？　太常にとりなしてやろうか？」

　その提案には、きっぱりと首を横に振る。

「いや、いい」

「へぇ？」

「神の行いがすべて是とされようと、関係ない。この件にかんしては、僕は間違ってない。それが人の理に基づいた考えで、神には理解できないものだったとしても、譲る気はない。いいか？　繰り返すけれど、僕は間違ってない。絶対に折れないからな！」

だから、とりなしてくれなくて結構。太常相手に下手に出て、いいことなんてあるわけがないからな。

「それはそれは……。じゃあ、これからどうするんだ？」

何がそんなに面白いのか、白虎がニヤニヤしながら言う。

「そうだな……」

さっきも言ったとおり、謝る気はない。僕は間違ってないしな。

三日間できなかった分、時間を惜しんで大家の仕事をすべきなのはわかっているけれど、この状況で一人でそれをするのは、なんと言うか……太常のご機嫌取ってるみたいで非常に気分が悪い。

そもそも、太常が不在の状態で、僕一人で屋敷内をうろちょろするのは危ないし……。

となれば——選択肢は一つだろう。

「……少し時間を置いて、お互い冷静になって自身の考えをきちんとまとめよう的なことを言い出したのは太常だし、僕もそうするよ」

予想外の答えだったのか、白虎が小さく目を見開く。

「へぇ？」

「太常の案に乗っただけだから、文句を言われる筋合いもないしな」

そうと決まれば。

僕は楽しくてたまらないといった様子の白虎を見上げて、ニヤリと笑った。

「スイーツ食いに行ってくるわ」

2

「やめときましょーよ。マキちゃん。絶対に戻ったほうがいいですって」

「……まだ言ってんのか。朔」

駅の改札を出ても、まだブツブツと零（こぼ）している。僕は半（なか）ば呆れながら、後ろを振り返った。

スラリとした長身の、中性的なイケメン。ツンツンと好き勝手な方向を向いた黒の短髪に引き締まった精悍（せいかん）な頬。まっすぐ通った綺麗（きれい）な鼻筋に、形のよい唇。猫のようにセクシーなつり目は、それこそ猫のようなヘーゼルの色あい。

朔は、『仙狸』――山猫が長い年月を経て神通力を身につけたもので、美男美女に化け、人間の精気を食らうのだそうだ。もちろん、あやかし。幽世の屋敷の周りに棲みついているモノだ。

「いや、だって……ほとぼりが冷めるまでって……人並みに時間薬で冷めるほとぼりなんて持ってないでしょ、太常の旦那は。絶対にもっとややこしいことになりますって」

――わりと失礼なこと言ってるぞ？　お前。太常が聞いたら怒るんじゃないか？　それ。

「サボる口実を僕に与えてしまったのは、アイツのミスだ。さすがの太常も、自分の失態を棚に上げて逆ギレしたりはしないだろ。それをしたらしたで、全力で指差して嗤ってやるさ。それほどみっともないことはないからな」

「は……？　自殺願望でもあるんですか……？」

「なんでだよ」

全力で嗤われるような醜態を晒すほうが悪いのに、怒って嗤ったヤツを殺すって、それは完全に恥の上塗りだぞ？　しないよ、太常は。そんなこと。

そんな可愛げ、アイツにあるもんか。

そう言うと、朔が「それは、そうかもしれませんけど……」とため息をつく。

「そういうとこだけ、可愛げがあるタイプだったらどうするんですか……」

「その時はその時だよ」

「いやいや……ぶっ殺されてからじゃ遅いんですけど……。ねぇ、マキちゃん。今のうちに謝っちゃいましょうって。それが一番平和ですって」

「なんで、悪くもないのに僕が謝らなきゃいけないんだよ？」

「でも、ちょっと譲歩するだけですべてが丸く収まるじゃないですか」

「……そうか？」

僕はスマホの地図アプリで方角を確認しながら、肩をすくめた。

「長く付き合っていきたいなら、そういう嘘や誤魔化(ごまか)しはしないほうがいいと思うぞ？」

意外な言葉だったのか、朔が小さく「え……」と言う。

「逆じゃなくて？　関係を長く続けたいなら、歩み寄りの姿勢は大事って話じゃ？」

「もちろん、それも大事だよ。でも、それは許せないとか、これは譲れないとか、そういう自分にとって大事なものは、しっかり主張しなくちゃ駄目だ」

そうきっぱりと言って、歩き出す。

「許せないこと、譲れないこと、守りたいもの——大事なことをすべて呑み込んで、自分で踏みにじって、下げたくもない頭を下げる。そんなの自傷行為と何が違うんだよ？」

「……！　それは……」

「そして、そういうのは相手にも必ず伝わるもんだ。不満を抱えたまま、真意を隠したまま、なんの思いもこもってない、なんの意味もない、その場しのぎの上っ面の謝罪をするようなヤツを、お前……大事だって思えるか？」

相手を大事に思えばこそ、とことんまでぶつかり合うべきだ。

自身の思いを踏みにじって頭を下げ、話し合いの余地をなくしてしまうことは、ある意味相手を信じていないということでもあると、僕は思う。

どれだけ話し合ったところで、コイツはわかってくれないと――。

「神さまに、人の道理は通用しない。それはわかった。だけど――それでも僕は人なんだ。人でしかないからこそ、僕が太常たち神さまとともに在るためには、人として許せないこと、譲れないこと、守りたいもの――それらを主張していかなくちゃいけないんだ」

そして、勝ち取らなきゃいけない。

相手が神さまだからと、人の道理は通用しないからと諦めて、奪われることをよしとしてしまったら――一緒になんていられるわけがないから。

「何がなんでも主張すればいいってものでもないけれど、それでもこれだけはと思うものは絶対に譲っちゃ駄目だ。そして、今回のはまさに、僕の人生にかかわる案件だ。折れてやるわけにはいかない」

僕だって、ただやみくもに意地を張っているわけじゃない。

ここを譲ってしまったら、いい関係を築くことなどできないから。

「だから、僕は僕の主張を呑みこまないし、納得してもいないのに取り下げない。そして、悪いと思ってないのに謝ったりもしない。ちゃんと向き合って、話し合えば、アイツは必ずわかってくれると信じてるしな」

「……マキちゃん……」

「でも、しっかり腹は立ててるから、美味(うま)いスイーツをたらふく食って憂(う)さ晴らしだ」

朔が観念した様子で、ため息をつく。

「……わかりました。もう謝れなんて言いませんから。ただ、これ以上拗(こじ)らせないためにも、できるだけ早く帰りま……」

「あ、一店目はそこの角を曲がったところだな」

「一店目⁉」

まだ何やらぶつくさ言っているのをスパンとぶった切ると、朔が唖然(あぜん)として瞠目(どうもく)する。

「えっ⁉　何店も行くつもりなんですか⁉」

「は？　たらふくって言ったろ？　もちろん、気が済むまでハシゴスイーツをしてやるとも。岡山ならではのスイーツを食って食って食いまくってやる」

「いやいやいやいや！　ちょ、ちょっと待ってくださいよ、マキちゃん！」

朔が慌てた様子で叫ぶ。それを無視して、足早に角を曲がって――僕は立ち止まった。

「え……？」

大通りから一本入っただけで、驚くほどゆったりと静かな時間が流れる住宅街。

時代を感じさせる緑の屋根に、蔦に覆われた煉瓦の壁。『昔ながらの純喫茶』のお手本のような外観。

重厚なドアも、その隣に掲げられた木の看板も、なんとも古めかしく――味わい深い。

その先にはどんな『非日常』が待っているのかと、実にワクワクさせられる。

それなのに――。

「なんだ……？　アレ……」

一人では抱えられないほど大きな黒い泥団子のようなモノが、なぜだか店の前にドーンと鎮座ましましている。

「え……？　何って……あやかしですけど？」

いったい何を驚いているんだとばかりに、朔が言う。――だろうなぁ？　アレはさすがに確認しなくてもわかる。そうじゃなくて、僕が気になるのは、なぜあんなモノがあんなところにいるかってことなんだけど。

「え……？　不思議ですか？　あんなの、どこにでもいますけど……。でもまぁ、無視して大丈夫ですよ。そのあたりを這いずり回るぐらいしかできない小者なんで」

「……冗談だろ？　バランスボールぐらいもある黒い泥の塊もどきにそのあたりを這いずり回られて、無視できるかよ。立派に事件だわ。そんなの」

「いや、でも、普通の人には見えないじゃないですか」

「それでも、僕には見える。太常に押しつけられた左目のせいで」

「じゃあ、あんなのは日常的に見てるでしょう？　それこそ嫌ってほど」

今更なぜ騒ぐんだと言わんばかりに、朔が首を傾げる。

確かに、日常的に見ている。靄のようなもの。虫のようなもの。淀んだ水たまりのようなものから、店の前にいる泥の塊のようなもの。どれもこれも黒く、あるいは暗く濁った色をしている。

太常は、ほとんどが有象無象だと言った。『いちいち気にしなくてよろしい』と。悪意や、さまざまな負の思念、死者の心残り。そういったものの集まりだと。

たいていは、少ししたら霧散して消えてしまう。それほど儚いものなんだそうだ。

「だけど、あんなに大きいのははじめてだ。いつも見てる……今にも消えそうなモノとは、少し違うような……？　ほかのと比べて、存在感があるっていうか……」

「まぁ、そうですね。運よく消えずに育っちゃったヤツでしょう。あの大きさだと、意識が芽生えていてもおかしくないかも？」

それを無視しろって……無理があるだろう。

「なぁ、アレ、店に悪影響を及ぼしたりしないよな？」

「そんな力のあるヤツじゃありませんよ。本当に小者なんですって」

「でも……」

「マキちゃんがアレに対して感じているものは、大半が生理的嫌悪ってヤツですからね？黒くてドロドロした外見が不快で、だからこそ自分の傍に在ることに不安を感じているだけ。本当に、アレはちっぽけなモノで……」

朔が顎に指を当て、うーんと考える。

「わかりやすく人間で例えるなら、アレは一歳児か二歳児みたいなもんですよ。とりあえず存在しているといった感じで、明確な自我を持っているかどうかは怪しいです」

「そうなんだ？」

「その場合、俺は年収五千万ぐらいの中堅芸人で、華姐（ねえ）さんはアカデミー主演女優賞を三回受賞した大女優って感じですか」

「……逆にわかりづらくなったような気がするけど、じゃあ太常は？」

「あー……ジョブズ？」

「……マジか」

——あの屋敷、ジョブズが十二人もいるのか。冷静に考えると怖いな。

想像してしまってゾッとしつつ——少しだけ反省する。確かに、見た目からの印象だけで、不必要に警戒しているところはあるかもしれない。

「じゃあ、店の前にいるのは偶然なのか？　それにしては、ずっと店を見つめているように見えるけど？　まぁ、目がどこにあるかも、そもそもちゃんと目があるかどうかすらわからないけれど。でも……」

「ああ、確かに。じっと見ているように見えますね」

朔が再び逡巡し、ややあって、ポンと手を叩(たた)いた。

「じゃあ、訊いてみます？　運が良ければ、人語を解すかもしれませんよ」

「えっ⁉　いや、でも、それは……！　だ、大丈夫なのか⁉」

「大丈夫ですよ。マキちゃんにゃ、強〜い護り刀がついてるんですよ？　もしもーし！」

慌てふためく僕をよそに、朔はさっさと泥の塊に近づいて声をかけてしまう。

朔は同じあやかしでも、こっちは人間なのだから、そこのところもう少し考えてほしい。

「ここで何をしてるんです？」

そして、さらにデリカシーの欠片もなくズバッと尋ねる。僕はやれやれとため息をついた。人間同士だって、挨拶も世間話も何もなくずけずけと質問して上手くいくことは少ないのに、なんて訊き方だろう。

その声に応えるかのように、泥の塊がモゾモゾと動く。どうやら振り返ったらしい。泥に半分埋もれた赤い目が、こちらに向けられる。

「俺の言葉、わかります？」

泥の塊が今度はモゴモゴと動く。

しかし、その動きでは、YESかNOかはよくわからなかった。

「……えっと……」

「なぁ、朔。さすがにドアの前は迷惑になりかねないから……」

「あ、そうっすね。あのー話がしたいんで、ちょっとそっちに来てもらえます？」

朔がそう言ってにっこり笑うと、泥の塊が先ほどと同じ動きをする。

相変わらず、肯定しているのか否定しているのかよくわからなかったけれど、でも僕らが歩き出したら大人しくついてきたので、もしかしたら頷いていたのかもしれない。

「それで？　あの店に何かあるんですか？」

少し離れた目立たない細い路地へと入って、再び泥の塊に尋ねる。

泥の塊は身体を揺らすと、小さな声で「……ナッチャン」と言った。

「へ？」

「……ナッチャン……」

甲高い声だった。ニュースなどでよく聞く、加工した声のような。

「……ナッチャン……ソー……ダ……」

小さな赤い目が、僕を見つめる。

「ソー……ソーダ……ナッチャン……」

「ソーダ？」

朔が眉を寄せ、わけがわからないといった様子で首を傾げる。

だけど僕には――心当たりがあった。

「ソーダ……スキ。ナッチャン……」

「もしかして――あの店のクリームソーダのこと？」

膝をついて目線を合わせると、泥の塊がモゴモゴと動く。『こちらに来て』という要望を肯定した時と同じ動きだった。

「なんです？　それ」

「え？　知らない？　クリームソーダ」

「いや、もの自体は知ってますけど……」

「あの店、クリームソーダで有名なんだよ。なんだろ？　それが食べたいのかな？」

「いやぁ……それはないと思いますけど」

朔がありえないとばかりに首を横に振る。

「ソーダって言葉に反応して頷いただけだと思いますけど？　あの店を判別できているとはとてもじゃないけれど思えないっていうか……。そもそも、まずこのレベルのあやかしで、クリームソーダを知ってたってだけで驚きなんですけど……」

「そうなのか？」

「ええ。一歳児か二歳児だって言ったでしょう？　たまたま耳にして、覚えることができた言葉と、目についた店が結びついたってだけじゃないですかね？」

「……それだと説明がつかない」

「え……？」

「だってそうだろ？　コイツが口にしたのは『ソーダ』だけじゃない」

そもそも、一番最初に発した言葉は、それじゃない。『ナッチャン』だ。

僕は泥の塊に視線を戻し、その小さな赤い目を覗き込んだ。

「ナッチャンのこと教えてくれる？」

「……ナッチャン……？」

「そう。教えて？」

質問が理解できたのか、泥の塊が大きく身体を左右に揺らす。

しばらくゆらゆらしながら黙っていたけれど、やがて小さな声でポツリと呟いた。

「ナッチャン……カワイイ……」

その言葉に、朔が目を丸くする。

「え……？」

「し。――黙って」

僕は泥の塊から視線を動かすことなく、小さな声で朔を制した。邪魔をしてはいけない。

「ナッチャン……キレイ……」

前後左右にと身体を揺らして、またポツリ。

「ナッチャン……カワイイ……」

「…………」

彼は、考えている。

伝えるべきことを探している。

『ナッチャン』を僕に教えるために。

「ナッチャン……ナッチャン……キラキラ」

どれほど拙く(つたな)とも、言葉を尽くそうとしている。

「ナッチャン……ワラウ……」

「ナッチャン、キラキラ……」

「ワラウ、キレイ……」

何かを思い出したのか、泥の塊があの『頷く』動きをする。

「ナッチャン……ワラウ。キラキラ……」

「……！　キラキラ、笑う？」

「ワラウ。ナッチャン……キラキラ……カワイイ……」

「……そっか」

僕は唇の端を持ち上げた。

明確な自我を持っていない？　そんなことはないだろう。二歳児だって、大好きなママと赤の他人を混同したりしない。与えられたものをただ受け入れたりはしないし、気に入った一つを選ぶこともできる。それでなくちゃ嫌だと泣くこともだ。

質問は、相手が理解しやすい言葉で、一つずつ。そして、焦ら(あせ)ず根気よく。そうすれば、二歳児だってちゃんと答えてくれる。教えてくれる。自分の考えを。

『ナッチャン』は、笑顔の綺麗な子だ。

そしてコイツは、『ナッチャン』が――その子のキラキラした笑顔が大好きなんだ。

「ナッチャンは、笑顔がキラキラなんだ」

そう言うと、泥の塊がモゴモゴする。

「そして、ナッチャンはあの店のクリームソーダが好き。――あってる？」

再び、モゴモゴ。

チラリと朔を振り仰いで、片目を閉じる。朔が参りましたといった様子で苦笑した。

「ホント、そういうとこお上手なんだから」

「僕にできるのは、向き合うことしかないからね。――それで？」

泥の塊に視線を戻して、尋ねる。

「君の望みを教えて」

「……ノゾ……？」

「願いごとだよ。……わかる？」

「……ネガイ……？」

泥の塊が身動きしたけれど、それは『肯定』の動きではなかった。

「君がしたいこと」

「……シタイ……コト……」

泥の塊がモゴモゴし、それから前後左右にゆらゆらと身体を揺らす。

質問の意味は理解したようだった。それなら、あとは根気よく答えを待つだけ。

そして――彼の零す言葉から、彼の思いをすくい上げるだけだ。

「……ソー……ソーダ……」

振り子のように身体を揺らして、考え考え、ポツリポツリと言葉を紡ぐ。

「……ナッチャン……ソーダ……」

「ナッチャン……スキ……」

「ソーダ……スキ……キラキラ……」

「……ナッチャン……イナク、ナッタ……」

「え……？」

予想外の言葉に、思わず目を見開く。僕と朔は無言のまま視線を交わした。

「……ナッチャン、イナイ……」

「……ナッチャン……ドコ……」

「ナッチャン……」

「ナッチャン……」

「……サミシイ……」

バランスボールぐらいの球体が、少しだけ潰れたような形になる。

「……サミシイ……」

「……サミシイ……」

「……サミシイ……」

山型に沈みながら、泥の塊が繰り返す。僕は眉を寄せ、再び朔を見上げた。

「……どう思う？」

「単純に、見失ったってことだと思いますよ？　深刻に受け取る必要はないかと」

朔が首を横に振り、肩をすくめる。

「コイツは負の思念の集合体が変化（へんげ）したモノなんで、どれだけ奇跡的な好条件が重なったとしても、俺らのようにはなれないんですよ。もともとが思念なんで。動物から変化した俺や道具の付喪神（つくもがみ）の華姐さんとは、根本が違うんです」

「うーん……。僕はまだそのあたりがピンとこないんだけど……」

あやかしなんて、つい先日まで完全に無縁なものだったから。

泥の塊が朔たちとは根本的に違うことはなんとなくわかるけれど、それと『深刻に受け取る必要はない』理由とが頭の中で繋がらない。

「うーん……そうですねぇ……。簡単に言うと、マキちゃんがナッチャン……いや、友人に会いたいと思ったらどうします？　電話やメールはできないものとして」

「え？　家とか学校とか職場とか……会える可能性が高い場所に行くと思うけど……」

「まぁ、そんなところですよね？　俺らもそうです。だけど、コレは違います。基本的に、思念の集合体は移動をしません」

　朔が山型になったままの泥の塊をポンと叩く。

「そもそも複雑な思考ができるモノじゃないんで、家とか職場に行けば会えるだろうとか、そういう考えを巡らせることもできないんですよ。だから、基本移動しない」

「そうなんだ？」

「ええ。そして移動だけの話じゃありません。一事が万事そうなんです。何かを思うことはできても、そこから思考を展開させることや、それを行動に繋げることはできないんです。それだけの知恵を持たない。なにせ、もとが思念なんで」

「……なるほど？」

「だから、おそらくコイツは、店が見える範囲に発生して、ここまで大きくなる間に何回か、あの店に来た『ナッチャン』を見たんですよ」

「そっか。それで、そのキラキラ笑顔に惹かれて、『ナッチャン』を覚えたと？」

「そう。その時に、『ナッチャン』が口にした『ソーダ』を知る機会に恵まれたってところじゃないかと。そして最近、『ナッチャン』はこの店に来ていない……」

ああ、それならいいのだけれど。

僕は小さく息をついて、泥の塊を見つめた。

真相はどうあれ、コイツが最近『ナッチャン』に会えていないことは確かだ。

『ナッチャン』のキラキラ綺麗な笑顔を見られなくて、寂しがっている。

「最近『ナッチャン』はあの店に来ていない……」

まだ春になったばかりだ。冬の間、アイスクリームをたっぷりと使ったクリームソーダを食べに来なかったと考えれば、長い間姿を見かけなかったのも頷ける。

でも、それはあくまでも予想でしかない。その可能性があるというだけ。実際のところはわからないから、『暖かくなれば、また来ると思うよ』なんて、無責任なことは言えない。

それは嘘になってしまう。

それに、望みを訊いて、最初に出てきた言葉は『ソーダ』だ。『ナッチャン』ではなく。

願いが『ナッチャンに会いたい』だったら、『ソーダ』が先に出てくるのはおかしい。

「……最近『ナッチャン』は来ていない。キラキラ笑顔が見れなくて、寂しい……」

山型になりながら、泥の塊はそう言った。それと、『ソーダ』はどう繋がる？

「……『ナッチャン』は、あの店のクリームソーダが好き」

確実なのは、その二つだ。それ以外は、推測に過ぎない。

その二つの事実をもとに、考えを巡らせる。

「……『ナッチャン』は、あの店のクリームソーダが好き」

——そう。クリームソーダを好きなのは、『ナッチャン』だ。この泥の塊ではなく。

「……！　ああっ……！」

僕は大きく目を見開き、ガバッと朔を振り仰いだ。

「わっ……⁉　えっ？　なんです？」

朔が目を丸くする。

ああ、そうか。そうだよ。

『このレベルのあやかしで、クリームソーダを知ってたってだけで驚きなんですけど』

朔は、そう言った。

その時点で、僕も朔も勘違いしていたのだ。

『ナッチャンは、あの店のクリームソーダが好き』という事実と、この泥の塊が『クリームソーダを知っている』ことは、必ずしもイコールじゃない。

『ソーダ』という言葉を口にしたからって、『ソーダ』を知っているとは限らない！

「なぁ、君」

僕はスマホを取り出し、クリームソーダを検索すると、泥の塊の前にそれをかざした。

「これ、何かわかる？」

泥の塊が画面をじっと見つめて、縦に揺れる。それは、あの『肯定』の動きではなく――。

「……やっぱりそうか」

僕はニヤリと唇の端を持ち上げた。

「……マキちゃん？　いったい……」

「先入観って怖いな」

誰かの気持ちを理解することは、本当に難しい。

僕はスマホを下げると、身を乗り出し、泥の塊の小さな赤い目を覗き込んだ。

「君は、『ソーダ』を知りたいんだ」

瞬間、泥の塊が顔を輝かせたように感じたのは、気のせいではないと思う。

そう。彼は『ソーダ』がどんなものか知らない。それが『ナッチャン』の好きなものだと知っているだけだ。

だからこそ、知りたい。それが、『ナッチャン』の好きなものだから。

そして、それこそが彼が持っている『ナッチャン』の唯一の情報だからだ。

「そっかぁ……。本当に君は、『ナッチャン』が好きなんだね……」

　ポンポンと泥の塊を叩くと、さらにモゴモゴする。

　僕はそのままザラザラする表面を撫(な)でて、朔を見上げた。

「なぁ、彼を入れても、店には影響ないよな？　客にも。それって、絶対？」

「絶対と思っていいと思いますよ。コイツには人間に影響を与えられるほどの力も存在感もありませんから。少々霊感があるぐらいじゃ、気配を感じることもできない。太常の旦那の目を持つマキちゃんで、ようやく視認することができるぐらいです」

「視認できなくても、なんだか気分が悪くなったりとか、暗くなったりとか、お店の運気が下がったりとか……そういうことは？」

「それだって、力や存在感があってはじめてできることですから。……マキちゃん、部屋に蟻(あり)が入ってきて、気づきます？　それで、生活に何か影響があったりします？」

「あー……なるほど」

　そのレベルってことか。

「どうしても心配なら、華姐さんを横に置いておけばいいですよ」

「ああ、そうか……」

　そうだった。僕には、最強の護り刀がついているんだった。

「華」

ポンと鞄を叩くと、金の髪の少女がフワリと現れる。

「じゃあ――君」

僕は華の頭を撫でると、泥の塊ににっこりと微笑みかけた。

「大好きな『ナッチャン』のことを知りに行こう」

3

ドアの向こうは、まさに『別世界』だった。

歩くたびに、古びた廃材の床がギシリと鳴く。

くすんだ漆喰(しっくい)の塗り壁。年季の入った無垢材(むくざい)のカウンターに、ズラリと並ぶアンティークチェア。ひっそりと置かれた飴色(あめいろ)のテーブル。チョコレート色の革張りのソファー。

壁に掛けられたたくさんのアンティーク時計たちは、なぜだか一つも正しい時刻を示していない。だが、それがまたなんとも味わい深い。そこかしこに置かれた調度品も、郷愁(きょうしゅう)を感じさせるものばかり。

そんな——古き良き時代を映す店内を、オレンジ色の明かりがしっとりと包み込んでいる。細部にまでこだわって作り込まれたクラシカルな空間。この非日常感たるや、たまらない。これにどっぷりと浸れるというだけで、この店に来る価値があるというものだ。

「ブレンドと、クリームソーダを二つ」

カウンターから見えづらい少し奥まった席に座って、早速注文。

ちなみに、座ったのは僕と朔、そして——僕がスマホに表示したワンピースに着替えて、獣耳や尻尾を隠し、人間にも認識してもらえるように存在感を強めた華の三者。

泥の塊はソファーに座ることができなかったため、そのままテーブルの横で待機。

店に入った時点で、どうやら彼は『ソーダ』について知れると理解したらしい。嬉しくて嬉しくてたまらないといった様子で、絶えず身体を細かく揺すっていた。

「ん〜……人に我を認識させ続けるのは、なかなか疲れるものよのう」

僕の向かいに座る華が、テーブルに頬杖(ほおづえ)をついてため息をつく。

「は？　まだ三分も経ってませんよ？　華姐さん。もう泣きごとですか？」

「……やかましいわ。猫」

意地の悪い笑みを浮かべた朔をにらみつけ、華が唸(うな)る。

「我は汝(うぬ)のような畜生とは違う。当然であろうが」

「え？　華、人のフリをするの、苦手なのか？」

　意外な事実に、思わず目を丸くする。

「朔にできることは、当然のように華にもできると思ってた……。だって、華の方が神格は高いんだろ？」

「そりゃそうですけど、神格が高ければ万能ってわけでもないですよ。俺のような動物から変化したあやかしは、人に認識してもらってなんぼです。人が見て、認識して、それを語り、広める。人の怖れが、俺らの存在を確かなものにしてゆくんですよ。人を糧にするタイプはさらに、です。女郎蜘蛛の話とか、知りません？」

「あ、そっか……。認識してもらえなかったら、そもそも人間を誘うことも惑わせることも化かすこともできない……」

「そ。人の何を食うかは、そのあやかしにもよりますけど、人の怖れが存在を強める点では同じなんで、動物から変化したあやかしは、ほとんどが人に化けることを得意としてます」

「華は――付喪神は違うってことか？」

「ですね〜。華姐さんは、人にあやかしとして認識してもらう必要はありません。そもそも付喪神は、人に使われ、大事にされた道具が時を経て変化――神格化したものですから」

「……！　ああ、そうか。なるほど……」

道具の状態ですでに人にこれでもかってほど認識され、使われて、大事にされているから、
そしてそのまま道具として使われ続けることで、あやかしの力も必然的に増してゆくから、
別段あやかしとして認識してもらう必要はないのか。

「なるほど。成り立ちが違うから……」

「納得できました？」

朔がにっこり笑って、テーブルの上のランプを見つめる。

人間とはあきらかに違う獣の瞳孔を持つ瞳が、オレンジ色の光を反射し、煌めく。

「太常の旦那にだって不得手なものがあるんです。あの完璧に見える唯一無二の神さまでも。

だから、この日の本の国を守るには、太常の旦那だけでは足りないんスよ」

「そっか。だから十二天将……」

「そう。でも、偉大なる十二の神さまだけでも、無理なんです。さらにほかの神さまたちや
千の道具たちとともにお互いを補い合って、ようやく成せることなんですよ」

その言葉に、少しだけバツの悪さを感じる。僕は小さく肩をすくめて、頬杖をついた。

――そうだな。あんな性格をしているから忘れがちだけど、千年以上もの間ずっと太常が
中心となって、あの幽世の屋敷を守ってきたんだ。

安倍晴明が愛した――この国のために。

二度、『一坪』が所有者を失い、あの屋敷は国の守護としての機能を失った。その時に、道具の一部は壊れ、一部は逃げ出し、屋敷の西にいたっては穢（けが）れて、闇に沈んでしまった。

それでも今、あの屋敷がまがりなりにも国の礎としての役目を果たせているのは、太常がそこで踏ん張ったからだ。

主である安倍晴明がいなくなったのに、なぜまだ国を守らなくてはいけないんだと考える神が多い中、太常だけが、欠けてしまったものたちの穴を埋めるべく、力を尽くしてきた。奮闘してきたんだ。

「そうだよな……」

アイツ、アレで結構必死なんだよな……。

まぁ、余裕がないからって、やっていいことと悪いことは絶対にあるんだけど。

「――お待たせいたしました」

オレンジ色の光を見つめて思いを馳（は）せていた――その時。お待ちかねのクリームソーダが運ばれてくる。

「へぇ……！」

「おお……！」

朔と華が目を丸くする。

夏の海のように鮮やかで深い――ブルーのソーダ。美しいグラスの中で、シュワシュワと細かい泡が立ちのぼる。

その海に咲く、バニラアイスで作られた大輪の白薔薇(しろばら)。

本当に――ため息が漏れるほど美しいクリームソーダだ。

「なんとまぁ……美しいのう」

「そうだろ？――さ、お待たせ」

周りを確認して、テーブルの横で大人しく待っている泥の塊に笑いかける。

「これが、『ソーダ』だよ」

彼の目の前に、それを持ってゆく。小さな赤い瞳が、大きく見開かれた。

「綺麗だろ？」

泥の塊がモゴモゴ動く。

あまりにも美しくて、美しすぎて、このままずっと眺めていたいけれど、もちろんそれは叶(かな)わない。溶けないうちに食べなくては。わかっていても、スプーンを入れるのを躊躇(ためら)ってしまう。

それほど――もう芸術の域のクリームソーダ。

赤い瞳が、まじまじとそれを見つめる。

彼が見えない人からしたら、クリームソーダをテーブルより低い位置で捧げ持ってじっとしている僕の姿はとても奇妙に映るのだろうけれど、幸いお客は少なかったため——そして店内の薄暗さと席の位置関係も手伝って、目立たなくて助かった。

誰にも邪魔されることなく、できる限り、彼が満足するまで見せてやりたかったから。

「……ソーダ……」

泥の塊が、うっとりと呟く。

「……ナッチャン……ソーダ……」

「そう。これが、『ナッチャン』が好きな『ソーダ』だよ」

そう言うと、なんだか嬉しそうに身体を揺する。

表情も顔色もわからないけれど、それでも伝わってくる気持ちがある。もちろん、それは僕の気のせいなのかもしれない。だけど、こちらまで嬉しくなる。

「食べてみる?」

そう声をかけると、彼の赤い目が僕へと向けられる。

その少しきょとんとした様子に、僕は「ああ、そっか……ゴメン。説明してなかったね。この『ソーダ』は食べるものなんだよ」と言って——朔を振り返った。

「……食べられるか?」

「どうでしょう？　元・思念なんで、何かを食す必要はないはずなんですけど……」

「食事が必要ない……え？　ちょ、ちょっと待て。まさか『食べもの』がわからないなんてことはないよな？　『食べる』という概念から理解できないとか……」

「あ、それは大丈夫ですよ。ソレは何かを食べる必要はありませんが、ソレを餌にする低級妖怪は存在するので」

……捕食される側から食の概念を理解しているというのも、なんだか嫌な話だな。

「っていうか……コイツ、ほかの黒モヤ系とは違ってなんだか大きいし、存在感があるから、食事をしないとは思わなかったな」

「この手のモノは、同じようなモノと混じり合って力や存在感を強める。泥団子と泥団子をくっつけて混ぜ合わせれば、大きい泥団子になるであろう？」

華がキラキラした目でクリームソーダを見つめて、言う。なるほど。そういうことか。

「まぁ、食えないことはないと思いますけどねぇ？　……口があれば」

そういえば言葉を話してはいるけど、口は見かけていなかった。

「……しゃべってはいるんだから、口はあるよな？」

「いやぁ、どうでしょ？　あやかしにかんして言えば、それは絶対ではないですねぇ。口がなくてもしゃべるヤツは結構います」

「……マジか……」

泥の塊が望んだのは、『この店のソーダを知ること』だ。決して『食べること』ではない。だから、実物を目で見て、この美しさを知れただけで、目的は達成されたと言ってもいいのかもしれないけれど──僕としてはやはり食べてほしい。

美しいだけではないことを、ちゃんと知ってほしい。

僕はスプーンで薔薇のアイスを少しすくうと、泥の塊の前にそっと差し出した。

「食べてみて？」

その言葉に、泥の塊がスプーンを見、それから僕を見上げる。それを数回繰り返したあと、何を思ったのか──泥の塊は、いきなりスプーンに自らの眉間（みけん）をぶつけた。

「はっ……!?」

ぎょっとして目を見開いた瞬間、スプーンの先がズブリと泥の中に沈む。そして、何やらモグモグしているような振動が手に伝わったかと思うと、グッと泥から押し出されてくる。

「お、おおっ……!?」

出てきたスプーンは、まるで磨いたかのようにピカピカになっていて──僕はさらに目を丸くした。

「び……びっくりした……。ちょっと予想外の動きだった……。君の口、そこなんだ？」

まさか、目の上とは。

「これ……食べたんだよな？」

振り返ると——どうやら、彼の動きは朔や華にとっても思いがけないものだったらしく、二人（人ではないけれど）もまたポカンとしてこちらを見ていた。

「た、多分……？」

「そう思うがのう……？　もう一回やってみたらどうだ？　ヌシさまよ」

もう一度バニラアイスをすくい、ソーダに浸してから差し出すと、泥の塊はそれも眉間にブスリ。グラスにストローを刺して差し出すと、ストローの口も眉間にブスリ。

「あ。減ってる。減ってる。飲んでる。飲んでる」

ただやみくもに、物を眉間に刺していたわけではなかったようだ。

「美味しい？」

眉間からストローを押し出した泥の塊にそう尋ねると——しかしその瞬間、彼がすべての動きを停止して僕を見つめる。

「ん、んんっ……!?」

なんだろう？　この反応。

「……お、美味しくなかったのかな……？」

「いやぁ、そもそも『味』がなんなのかわかんないんだと思いますよ。食事をしませんから。物理的に、味覚を感じる器官自体もきっと存在してません」

「あ……そっか」

「だから、何を訊かれたのか、そもそもわかってないんだと……」

「……あー……」

ああ、駄目だな。こういうところ。食事をしないのだと聞いていたのに、食べさえすれば、自分と同じように味がわかると考えてしまっていた。先入観って恐ろしい。

「――ごめん。質問が悪かった。やり直させて」

僕は頭を下げ、あらためて彼の赤い目を覗き込んだ。

「見て、食べて、知って――どう思った？」

彼がパチパチと瞬(まばた)きする。

泥の塊はそのまましばらく、ゆらゆらと前後左右に身体を揺らして考え――ややあって、小さく呟いた。

「……ソーダ……キレイ……」

グラスの中の海を見つめて、ポツリポツリと――けれど熱心に言う。

「……キレイ……キラキラ……」

「……ソーダ……キラキラ……」

「……ナッチャン……ト……イッショ……」

「……ナッチャン……イッショ……キラキラ……」

本当に嬉しそうに、幸せそうに、語る。

その姿を見ているだけで、なんだか僕まで幸せな気分になってくる。

「なんか……見てみたいなぁ……」

このクリームソーダと同じくキラキラだと言う、『ナッチャン』の笑顔。

「ナッチャン……ワラウ、キレイ……」

まるで小躍りしているかのように身体を揺らして、泥の塊が続ける。

「……ナッチャン……キラキラ……」

「……ソーダ……キラキラ……」

「……キレイ……キラキラ……」

「……ウレシイ……」

「……ウレシイ……」

そして、一際大きく身体を震わせると、泥の塊はその小さな赤い目をゆっくりと細めた。

「……アリガ、トウ……」

「え……？」

思いがけない言葉に、思わず目を丸くする。

その瞬間、だった。泥の塊の身体がぼんやりと光ったかと思うと、そのまま周りの景色に溶けてゆく。

「えっ……⁉」

ギョッとして目を見開いた時にはもう、彼はその場から掻き消えていた。

「えっ⁉　えっ……⁉」

慌てて朔を見るも――しかし朔は表情一つ変えることなく「あ、消えたんですね」と言う。

「き、消えたんですねって……。そんな、平然と……」

「いやいや……だから、そういうもんなんですって。アレは。たいていはすぐ消えてしまう儚いモノだって、太常の旦那からも聞いてるでしょう？」

「そ、それは……聞いたけど……」

「望みが叶った。心を占めていた思いがなくなった。だから消えたんですよ」

「え……？　つまり、成仏したってことか？」

「は？　何と勘違いしてるんです？　俺らはあやかしですよ？　俺らは、心残りがあるからここにいるわけじゃないんですけど」

朔が苦笑するのと同時に、華が僕の手からソーダのグラスを取り上げる。

「そうじゃない。ヌシさまよ。アレは、人の悪意や死者の心残りなど、負の思念の集まり。あやかしに変化しても、たいていは自我が芽生えることすらない。しばらくしたら霧散してしまうような儚い小者(モノ)ぞ。その中で、あやつはたまたま自我を持つことができただけのこと。運よくな。それでも、いつ消えてもおかしくない存在であることには変わりがない」

「そうです。自我が芽生えること自体が稀(まれ)ですが、そこまで至ったとしても、あのタイプのあやかしは、ただそのあたりを漂うだけで終わるのが普通です。さっきも言ったでしょう？そもそも複雑な思考ができませんから。正直、アレが何かを望み、何かを成そうとするのを、俺ははじめて見ました。聞いたことすらありませんでしたよ」

夢中でクリームソーダを食べる華を見ながら、朔が優しく目を細める。

「アイツがそこまでの自我を持てたのは、『ナッチャン』に出逢ったからなんだと思います。その笑顔に惹かれて、また会いたいと願った。それだけではなく、『ナッチャン』のことをもっと知りたいと望み、そのために『ナッチャン』が好きな『ソーダ』を知ろうと考えた。それこそが、アイツの存在感を強めていたんだと考えれば……」

「……！　ああ……」

そうか。そういうことか。ようやく、朔が言わんとしていることを理解する。

人間も、目標を達成したり何かをやり遂げたりしたあとに、このあとどうすればいいのかわからず、急に無気力になってしまうことがある。バーンアウト症候群だ。

今まで自分の内側を満たしていた夢や希望、熱意——強い使命感や責任感なんかが一気になくなって、空っぽになってしまったかのように感じてしまう。

『望み』が叶って、『思い』の一部が彼の中からなくなってしまった。

『思い』が存在感を強めていたなら、それがなくなった途端に正反対のことが起きても何も不思議じゃない。

「……っ……！」

ドクッと心臓が嫌な音を立てる。僕は思わず胸もとを押さえた。

「……あ……」

一気に血の気が引いてゆく。あの時の衝撃が、一気に脳裏を占める。僕の手の中で割れてしまった象牙の根付。消えてしまった仔犬。

勝手なエゴで動いた結果、与えてしまった絶望——。

嘘だろ……？　僕はまたわかってなかったのだろうか？　あやかしにとっては何も意味がないことを——いや、余計なことをしてしまったのだろうか？

「も、もしかして……僕はまた余計なことをしたのか……？」

「……え……？　なぜです？」

思いがけない言葉だったのか、朔がキョトンとした顔で首を傾げた。

「だ、だって、アイツ……『ナッチャン』に会いたがっていたのに……」

僕がクリームソーダを食べさせなければ、店の前でまだ待っていられたんじゃないのか？

そうすれば、『ナッチャン』と会うチャンスもあったかもしれないのに！

「僕が、中途半端に満足させたりしたから……！」

「はっ⁉　い……いやいや！　それは違いますって！」

朔が少し慌てた様子で、首を横に振る。

「それは結果論です。マキちゃん。そんな風に考えちゃ駄目ですよ」

「猫の言うとおりよ。ヌシさま。『ナッチャン』とやらが、あやつがまだ存在していられるうちにこの店に来るかどうかなど、誰にもわからぬ。そうであろう？」

「そ、それは……そうだけど……」

「そして、ヌシさまが『ソーダ』を教えずとも、明日には消えておったかもしれん。それはわからぬ。それにだ。あやつが望んだのは、『ナッチャン』とやらに会うことではなかった。それを考えれば、あやつは己が近々消えることを察しておったのかもしれぬぞ。だからこそ、その前に『ソーダ』を知りたいと望んだのやもしれぬ。それはわからぬよ」

「……でも……」

「だが、己がいつ消えるとも知れぬ儚い存在であることは、本能で理解しておったはずじゃ。それだけは間違いない。だからこそ、あやつは一番の望みを口にしておるはず。つまり」

華は優しく目を細めると、空になっている二つのグラスを指で示した。

「ヌシさまが叶えてやった――これじゃ」

「……っ……」

そうだろうか。

そうならいい。

そうであってほしい。

そう――心から願う。

祈るように両手を握り合わせた――その時だった。傍らで、パキンと何かが割れるような音がする。

「え……？」

なぜだろう？　小さな音なのに、それはやけにはっきりと耳を打って――僕も華も朔も、まるで誘われるように、つい先ほどまで彼がいたその場所に目を向けた。

「……！　これ……」

そこに落ちていた──小さな丸いもの。なんだろう？　見た目も大きさも桃の種のような感じだけれど、ただ不自然に黒い。すべてを呑み込むかのような漆黒。

ここに来た時は、確かになかった。それは間違いない。──ということは、あの泥の塊が消えてから、現れた？

「なぁ、華。これって……」

なんだと思う？

華へと視線を戻して、尋ねる。──いや、尋ねようとしたんだ。

しかし、その言葉を口にするより早く、華が僕の腕に取り縋って、それを指差す。

「ヌシさま！　見よ！」

「えっ……？」

刹那、パキンと──先ほどよりも大きな音がする。

華に言われるままそれを見た僕は、言葉を失った。

「っ……！」

一面の、青──。

彼がいた場所は、鮮やかな青に染まっていた。

「な、なんだ……？　これ……」

吸いこまれそうなほど深い色あいながら、どこまでも澄み渡り、宝石のように輝いている不思議な青い草葉。

唖然とする僕らの目の前で、それはパキパキと音を立てながらさらに茂り、次々と大きな蕾をつけてゆく。

そして――。

「う、わ……！」

それが一斉に、花開く。一瞬のうちに、一点の曇りもない純白が咲き乱れた。

「…………」

言葉が出ない。

青い鉱物で作られたかのような草葉に、眩しいほどに清らかな純白の花。

その光景は不思議そのもので――まるで現実感がない。神秘的で、幻想的で、夢のように綺麗だった。

「……っ……！」

その類稀なる美しさに心が震え、熱く疼き出す。僕はゴクリと息を呑み、高鳴る胸を手で押さえた。

「これって……あやかしの花、だよな……？」

左目を閉じると見えなくなるし——つまりそういうことなんだよな？

美しい光景に見入ったまま呆然と呟くと、朔が感嘆の息をつく。

「ですね。いやはや……見事です」

「まるで『ソーダ』のようだと思わんか？　ヌシさま」

華がなんだかウキウキした様子で、僕の腕を揺する。

「見事なものだ。もとは人が吐き出した澱みが、なんの価値もない——ただ無為に生まれ、消えてゆくだけだった儚きモノが、一花咲かせおったわ」

思いがけない言葉に、僕はポカンとして華を見つめた。

「えっ⁉　こ、これ……アイツが……⁉」

「もちろんだ。ほかの誰がやったと？」

「いや……だって……アイツは……」

もとが思念だから、どんな好条件が重なったとしても、そのあたりを漂うことぐらいしかできないんだろう？

「自我を持てただけで稀な話だって……」

「そのとおりだ。ヌシさま。だが、あやかしは変化するモノぞ」

華がフッと目を細めて笑う。

「自我すらろくに持てないような儚きモノが、『ナッチャン』に出逢ったことで願いを抱き、ヌシさまと出逢ったことでそれを叶えた。それはもはや奇跡と言ってもよかろう。そして、その奇跡はさらなる奇跡を呼び――昇華した思いは美しい花へと変化した」

「……！　願いが叶ったから……？」

それは、思ってもみない言葉だった。

願いが叶ったからこそ消え、消えたからこそ咲かせられたというのか？

どこまでも深く、清らかな――思いの花を。

「…………」

戸惑い気味に視線を彷徨(さまよ)わせる僕を見つめて、朔が頷く。

「華姐さんの言うとおり、これは間違いなくマキちゃんがもたらした奇跡ですよ」

「本当、に……？」

僕は、またやらかしてしまったわけではなく――？

「ええ。少なくとも俺は、あの類のモノが何かを遺したなんて話は聞いたことはありません。これでも三百年ほど生きてるんですけどね」

「それよりもさらに生きておるが――我もぞ。前代未聞と言ってもいいことだろうよ」

「そう……なのか……？」

「そうとも。だから――」

華が小さな両手で僕の頬を包んで、優しく微笑む。

「あやつの最期の言葉を、素直に受け取ってやるがよい。ヌシさまよ」

「……！　華……」

「この花を見よ。絶望や無念の思いが、これほど美しい花を咲かせることができようか」

「……それは……」

吸いこまれそうなほど青く澄んだ葉に、眩しいほどに清らかな純白の花。

彼がたしかに生きた証。昇華した思いの結晶。人の目には見えないけれど、それはそれは美しく、見事な――。

「あやつは、ヌシさまに感謝しておったぞ。その思いを、言葉を、大事にしてやるがよい。これほどまでに美しい花を咲かせるほど、あやつは喜んでおったよ」

「……うん……」

「それをもたらしたのは、ほかならぬヌシさまだ。そのヌシさまが悲しい顔をすることを、あやつが望むだろうか？　我はそうは思わぬぞ」

「……っ……うん……」

その温かな言葉に、ようやく小さく息をつく。

「そっか……そうだな……」

そう思おう。

彼が消えてしまった以上、彼の思いを――その胸の内を尋ねることはできない。だから、どれだけ考えを巡らせたところで、『正解』にたどり着くことはもう不可能だ。

だったら――彼がくれた言葉こそを大事にしよう。

『……ウレシイ……』

『……ウレシイ……』

彼はそう言って、ゆっくりと目を細めた。

それはまるで、笑っているかのようだった。

『……アリガ、トウ……』

彼が伝えてくれたそれこそを、大事にしよう。

知識も力も持たない僕でも、そう言ってもらえるだけのことができたのだと――。

「……うん。そうする……」

僕は頷くと、華の手に自分のそれを重ねて微笑んだ。

「ありがとう。華」

まっすぐ目を見てお礼を言って、深呼吸を一つ。気持ちを落ち着ける。

そして——僕は、もう一つクリームソーダを注文した。
今度こそ、僕が食べる分。
人々の心をとらえて離さない、美しいクリームソーダ。
食した人の満ち足りた笑顔は、あやかしの心にも幸せの種をまいた。
そしてそれは、奇跡の花を咲かせたのだ。
「……本当に綺麗な笑顔だったんだろうなぁ……」
それはきっと、太陽の光に煌めく夏の海のような
あるいは、爽やかな風に揺れる大輪の白薔薇のような
とても明るく、爽やかで、心に沁みる笑顔だったのだろう——。

第二話

神は雅よ　あやしは味よ

1

根付の仔犬が、寄り添うべき主を求めて、何度も何度も喉を焦がして叫ぶ。

まるで悲鳴のようだと思った。聞いているこちらが苦しくて、つらくてたまらなくなってしまうほど哀切に震える声。

なんとかしてやりたいと思った。彼がもう泣かなくて済むように。

その思い自体は、決して悪いものではないと思う。

ただ僕が愚かだったのは、付喪神がどういうものか知らず、知ろうともせず、自分の――人の理屈で動いたことだ。

その結果、あの仔犬は絶望に満ちた最期を迎えることとなってしまった。

乾いた土の上に落ちた、真っ二つに割れた象牙の根付。

あの光景を、僕は忘れることができない。

その一件で思い知った。神さまのこともあやかしのこともよく知らないんだということを。

有名な四獣の白虎のことすら、知らないことだらけだった。

以来——知りたいと思うようになった。

神さまやあやかしたちのことを、もっと知りたい。

人とはまったく違う理のもとで、しかし人と同じくさまざまな思いを胸に生きる彼らのことを、もっと。

もう間違えなくて済むように。

そして、これからを彼らとともに在れるように。

だけど、十二天将についてパソコンを叩いてみても、玄武・白虎・青龍・朱雀の四獣と呼ばれるもの以外のことはほとんどわからなかった。太常も、天空も、詳しい記述がない。十二天将についても、『安倍晴明が使役した式神』ということ以外はほとんどわからない。

ネット上にないだけかと思い、大学の図書館を利用してみたけれど（僕が卒業した大学の図書館は、登録さえすれば一般の人でも利用できる。しかも蔵書数は国内トップレベルだ）十二天将にかんする書籍はほぼなかった。十二天将を用いた『六壬神課』と呼ばれる占術の解説書が少しあっただけ。安倍晴明に関する書籍はそれこそ腐るほどあるのに、だ。

なぜなのだろう？

十二天将以外の神さまやあやかしについては、逆に関連書物が多すぎて収拾がつかない。諸説あり諸説ありのオンパレードで、もはやなにが正しいのかまったくわからない状態だ。

せめて知識だけでも入れたいのに、それができない。

知りたいのに——知る術がない。

神さまやあやかしのことを知ろうとして、初っ端から躓いてしまった。

これからも彼らとともに在るために、僕はいったいどうしたらいいんだろう——？

2

「も——……だから言ったじゃないですか……。太常の旦那に限って、時間が解決してくれることなんて何一つありゃしませんって……」

はぁあぁあ～っと盛大なため息をついて、朔が恨めしげに僕を見る。

「どうするんです？　あれ、相当怒ってらっしゃいますよ」

幽世の屋敷——。見る者を圧倒する、威厳に満ちた四脚門。その前に、太常がゆったりと立っている。その佇まいはあくまで風雅。そして、圧倒的に優美。まさに絵巻物に描かれた平安貴族さながらだった。

「……ものすごい笑顔だもんなぁ……」

キラキラ輝かんばかりに美しい——満面の笑み。アイツ、なんで怒ると笑顔になるんだよ。意味がわからないんだけど。表情筋どうなってんだ。

帰ろう帰ろうって朔がうるさいから、クリームソーダを食べてすぐに戻ってきたけれど、これでは屋敷に入れない。

物陰からそっと顔を出して、太常の様子を窺(うかが)いながら、朔がブルリと背筋を震わせた。

「怖っ……。マキちゃんを待ち構えてるんですよ、アレ。状況悪化しまくってるんですけど。だから言ったでしょ？　時間薬が効くような生易しい病じゃないですから、アレ」

「すでに自分で耳タコになってきてるんだけど……あえて繰り返すと、僕は絶対に悪くないからな。そして、僕に逃げられたのもアイツのミスだ。キレられる筋合いはない」

「そう言いますけど、太常の旦那って、わりと理不尽じゃないです？　『無理が通れば道理引っ込む』なんてことわざがありますけど、太常の旦那は『無理を無理やり通して、道理をぶっ飛ばした上で確実に潰す』ってタイプだと思うんですけど」

「……そんなタイプがあってたまるか」

道理を潰すってお前……。呆れる僕に、しかし朔は「でも、世の中は必ずしも正義が勝つようにはできてないんで……」とすっぱり言って、肩をすくめた。

「マキちゃん、性格はかなりまっすぐじゃないですか。『良い人』と言って差し支えないと思うんですけど……」

「……？　なんだよ？　急に」

「いや、だから、マキちゃんのものすごい運の悪さとか、超絶不憫体質は、日ごろの行いが悪いせいではないと思うんですよ。でも実際問題、外を歩けば不運に見舞われるような状態。これって、マジ災厄レベルの理不尽だと思うんですけど」

「……まぁな。たしかに常日頃、『正しさ』とか『善行』が報(むく)われることはほとんどないよ。僕は。それがどうかしたか？」

「つまり何が言いたいかって言うと、理不尽にはわりと慣れてるほうなんですから、そりゃ思うところはいろいろあるでしょうけど、それはそれとして、もう土下座しちゃったほうが早いしラクなのでは？　ってことなんですけど」

　あぁん？

「ふざけるな。馬鹿。逆だろうが。普段から理不尽に耐えてやってるんだから、このぐらい自己主張させろ」

　この国の憲法に定められている、『健康で文化的な最低限度の生活』を送るための権利を認めろと言っているだけだぞ？　なんでそれを諦めなきゃいけないんだ。

「むしろ、それを奪おうとしたことを、太常が僕に土下座して詫びるべきだ」

ぴしゃりと言うと、朔がまたまた嘆息する。

「……譲りませんねぇ……」

「ここを譲ってしまったら、もう終わりだろ」

僕は、あくまで大家でいるつもりだからな。奴隷になり下がってたまるものか。

「っていうか、太常ってもしかして馬鹿なんじゃないのか？」

「……！　なんてことを！　マキちゃん、命が惜しくないんですか？」

「いや、だって……。太常のやってることって、完全に逆効果だぞ？」

そろそろ気づけ。今まさに、ものすごく時間を無駄にしてるってことに。

「僕の権利を認めた上で――就職活動を優先して構いませんけど、一日一時間でもいいのでこちらにきて作業してくださいって感じで交渉していれば、今ごろ僕はこちらに来なかった三日分も含めて、せっせとお役目に勤しんでいただろうに」

「まぁ、そうですけど……。っていうか、スイーツで釣ったらめちゃくちゃ働いてくれそうですよね、マキちゃんは。たとえば、岡山特産の清水白桃のフルーツ缶とか」

「はっ⁉　あの一缶で二千円近くするやつか⁉　ばっか！　当たり前だろ⁉　めちゃくちゃ釣られてやるわ！」

一本釣りだ。スッパーンと華麗に美しく、水面から躍り出てやるとも！　あとは煮るなり焼くなり好きにしてくれ！

間髪容れず全力で肯定した僕に、朔が渇いた笑いを浮かべる。

「……さすがマキちゃん……」

「いや、マジで！　そんな高級品じゃなくても、僕を釣るのは実はめちゃくちゃ簡単だぞ？　僕がこの前、岡山から帰る際、岡山駅でどれだけ岡山土産を買い込んだと思ってるんだよ？　日本三大饅頭の一つである岡山銘菓のまんじゅうは、十個入りを二箱買ったし、岡山土産の代表格のきびだんごは、ノーマルはもちろんのこと、黒糖・抹茶・海塩・きなこ・チョコ・白桃・マスカットなど、売り場にあったすべての味・すべてのバージョンを買ったし、明治時代から愛され続けている倉敷名物のお菓子や、岡山名産の原材料を使用した岡山尽くしのロールケーキなどなど、名物・銘菓とされるものは全部押さえた」

それだけじゃない。岡山フルーツを使ったプリンやゼリーは売り場にあったほぼすべてを買ったし、岡山名産フルーツ味のチープ菓子ですら見逃せなくて、かなりの数を購入した。

岡山土産の店だけではなく、エキナカに入ってる店を片っ端から除いて、岡山ならではのスイーツやお菓子を物色しまくった。もちろん、イートインでもかなり楽しんだ。フルーツジュースにフルーツパフェ、フルーツタルトなどなど。

その言葉に、朔が唖然として目を丸くする。

「は……？　い、いったいどれだけの数を……」

「外国人も真っ青な爆買いっぷりだったと思う」

――千の道具の主になっちゃったストレスも手伝って。

「それ、持って帰れたんですか？」

「まさか。そんなわけねーだろ。岡山駅前郵便局に駆け込んださ。二回ほど」

生菓子や冷凍品、新幹線の中で食べる用のお菓子以外はデカい箱に詰められるだけ詰めて、自宅に送ったよ。繰り返すけれど、二回ほど。

「マキちゃんの胃って、マジで異次元ですよね……」

朔が信じられないものを見る目を、僕に向ける。

失敬な。人をバケモノみたいに言うなよ。ただちょっと、砂糖が主食なだけだ。

「それでも、僕が食べることができたのは、ほとんど岡山駅で手に入ったものだけなんだよ。それは、岡山スイーツのほんの一部でしかないわけだ」

だから、食べたいものはまだまだ山のようにある。訪れたい店もだ。

正直、それを鼻先にぶら下げてくれたら、僕は主としてそれこそ馬車馬のごとく働くし、自身の生活――もちろん就職活動とも完璧に両立してみせる。

それはもちろん、並大抵なことではないけれど、それでも僕はやり遂げてみせるだろう。その自信はある。スイーツのための我慢や努力なら、僕はどれだけでもできるからだ。

「この岡山にはスイーツ好きにはたまらないものが山のようにあるんだから、それを思えば、僕を働かせるのって簡単なんだよな。それに気づかないって、マジで馬鹿としか……」

　もう一度言うけど、そろそろ気づけっての。

「神さまの財布事情はよく知らないけれど、でも車を持ってるぐらいだし、スイーツを買う金がないってことはないと思うんだよ」

「なまじ高貴な神さまだから、欲につけ込むなんて俗な方法には疎いんですかね？」

　朔が不思議そうに首を傾げる。——待て。それって裏を返せば、太常がやっている脅迫と虐待は神さま的な方法だってことにならないか？　やだよ。そんな神さま。

「たしかに品位に欠けるかもしれないけれど、脅迫して虐待して言うことを聞かせるよりも、よっぽど平和的でいいと思うけどな。むしろ、神さまはそうであってほしい」

「でも、神さまってわりと圧倒的力でボコるのが常套手段だと思うんですけど。古事記とか読んでみましょうよ。結構そんなもんですから。日本神話の主神である天照大御神でさえ、弟の須佐之男命を迎えるのに武装したり、甥っ子の大国主神が治めていた国を奪うために刺客を送ったりしてるんですよ？　結局武力で国を平定してますしね」

「……知ってるよ。だけどもう今の時代、そんなの流行らないって」

神さま――いや、もう太常だけでもいいから、どうか学んでいただきたい。ひたすら力で押さえつけてどうにかなった時代はとうの昔に過ぎ去ったから。今はそうじゃないから。っていうか、天照大御神も、今はもうすっかり落ち着いてるんじゃないか？　伊勢神宮に祀られて長いし、途中で大日如来と同一視されるようになってるし。

ああ、そうだ。今度、太常に、僕の取扱説明書としてイソップ寓話の『北風と太陽』でも贈ってやるか。

冷たく、厳しく、乱暴な手段で人を動かそうとしても、かえって頑なになってしまうもの。温かい言葉や優しい態度、大きな度量を示すほうが、人は自ら行動し、成果は生まれやすくなるものだ。

これを『組織行動論』って言うんだけど……早い話が、パワハラ上司が常に部下を虐げ、ものすごく安い賃金で、労働基準法丸無視で一日十五時間みっちり勤務させているブラック企業よりも、気配りやの上司が常に部下を気遣い、能力に見合った報酬をきっちり支払い、週休二日で、有給もしっかり保証し、残業はなるべくさせず、定時での帰宅を推奨しているホワイト企業のほうが、実は業績が断然いいみたいなことだ。今や、わりとよく聞く話。

「太常にも働き方改革をさせるべきだな。こりゃ」

「……まぁ、それはおいおい考えるとして、とりあえずどうします？」

朔が腕を組み、じっと僕を見る。

「いつまでも物陰に隠れているわけにはいかないでしょう」

「まぁ、そうなんだけど……」

「あくまで譲らないって言うなら、それはそれでアリだと思いますけど。だけどそれなら、なんとかして太常の旦那に折れてもらわないと。あるいは、なんらかの折衷案で折り合いをつけないと。互いに譲らず、話し合いもしないまま膠着（こうちゃく）状態が続くなんてのは、最悪です」

僕はため息をついた。

「わかってるよ。そんなことは」

でもそれ、太常に言ってくれよ。人の話にまったく耳を貸さないのはアイツのほうだぞ？

「打開策はあるんでしょうね？」

「……今、考えてるよ」

考えてはいる。一応。まだ、いい案は浮かんできてないけど。

僕はうんざりしながら肩をすくめて――それからふと、屋敷の周囲に広がる町を見つめた。

「なぁ、いい案が浮かぶまで、そのへん歩いていいか？」

「………………」

珍しく、朔が僕をジロリとにらむ。——いや、違う。勘違いするな。

「にらむなよ。先延ばしにしているわけじゃない。本当に考えるためだよ」

本当かよと言いたげな顔をしたものの、それ以上は言わず、朔は小さく肩をすくめた。

「まぁ、どのみち町に入ったらすぐに、マキちゃんが幽世に帰ってきたことはバレますから、そう長く先延ばしにはしていられないでしょうけどね」

「そうなのか？」

「そりゃあ、あの屋敷に住まう神さまや千の道具たちの主なんですよ？　ピラミッドの頂点。町に住まう者にとっては、雲の上の存在ですから。過疎が進む村に、突然国民的アイドルがやって来たら、大騒ぎになって瞬く間に村中に知れ渡るでしょ？」

「ああ、なるほど。そういうことか」

僕はチラリと太常を見て、そっと息をついた。

「それでもいいや。ほかの目的もないわけじゃないし」

「ほかの目的……？」

僕の言葉に、朔は意外そうに首を傾げたものの、しかしそれ以上訊く気はなかったのか、スマホを確認して、「じゃあ、大通りを少し歩きますか。案内しますよ」と言う。

僕は大きく頷いた。

蛇（じゃ）の道は蛇（へび）――。以前、太常もそう言っていた。それならきっと、神様のことは神さまが、あやかしのことはあやかしが一番詳しいのだと思う。

だったら、あの町に住まうモノに訊けば、何かわかるかもしれない。

あやかしのこと。神さまのこと。あの屋敷のこと。そこに住まう千の道具たちのこと。

そして、太常のことも――。

3

「う、わぁ……！」

驚くほどの賑（にぎ）わいに、僕は思わず目を丸くした。

まるで時代劇さながらの、江戸情緒あふれる町並み。

大通りの両側には、商家――大小の瓦葺（かわらぶ）きの町屋がズラリと立ち並んでいる。

年季の入った出格子に、黒漆喰の壁。黒光りする瓦屋根の上に掲げられた――人の僕には読めないものも多いけれど、シンプルで力強い筆致の看板たち。さまざまな染めの暖簾（のれん）が、熱気に揺れている。

「すごい……」

広い通りを埋め尽くすほどの人出――いや、違う。人じゃない。あやかし出に、もう呆然とするしかない。

「これ全部あやかしなんだよな……？」

傍らを、小学生ぐらいの大きさの二足歩行の蛙が駆け抜けてゆく。

それをびっくり眼で見送っていると、朔が今さら何をと言わんばかりに肩をすくめた。

「そりゃ、そうですよ。ここはあやかしの町ですから」

「そう、なんだよな……」

軽快なあきんどたちの声が響く。

米屋に駆け込んでゆくのは、寺の屏風絵などに描かれている餓鬼のようなもの。

両手いっぱいに荷物を抱えてふらついているのは、目がたくさんある大男だ。

蕎麦屋の前で、驚いた様子でこちらを見つめているのは、一つ目の女童。

団子屋でほっこりとお茶を飲んでいるのは、首が恐ろしいほど長い美女。

着物姿の影のようなものもいる。ほとんど人と変わらない形をしているけれど、目も鼻もどこにあるかわからないほど、真っ黒な姿をしている。

「……っ……」

僕以外――目に映るすべての者が、あやかし。

あらためて、この世界の不思議さを目の当たりにする。

「さぁさぁ、見ていってくんな！　人気の本が入ってるよ！　平安時代の鵺の所業を書いた武勇伝！　昭和に画期的なデビューを果たした人面犬のその後の話！　人間が描いた妖怪の漫画本の写本もあるよ！　さぁさぁ！」

小学生ぐらいの大きさの二足歩行の狐が、パンパンと前足を叩きながら声を上げる。

ふさふさの尻尾は二本。濃紺の木綿の着物に、片眼鏡をかけている。

「あれは……」

思わず足を止めると、朔が目で僕の視線の先を追いかけ「ああ、書林ですよ」と言う。

「つまり、本屋さんです」

「本屋？」

「ええ。浮世絵とか、談義本、草双紙、戯作本とかを売ってるんですよ」

浮世絵に草双紙？　あやかしが？

「それって……僕は人間のそれしか知らないけど、同じものだと思っていいのか？」

「ええ。大体同じですよ。人間の文化を真似てるんで。見ます？」

そう言って、朔が「すみませ～ん」と狐の店主に駆け寄ってゆく。

「へい！　いらっしゃい！　ややっ⁉　こ、これはかしこきあたりの……！」

　威勢のいい声で出迎えてくれた店主が、僕を見て慌てた様子で深々と頭を下げる。

「尊き御方が、こ、こ、このようなところに……」

「えっ⁉　いやいや、そんなかしこまらないでくれ。僕は、そんな大したもんじゃ……」

　──いや、一応、この町に住むあやかしにとっては、大したものなのか。人間社会では、就職し損なった現在無職で、国の命運を強制的に──理不尽に背負わされた不憫だけど。

　事実を否定するような形で謙遜だけしても、相手もどうしていいかわからないだろう。僕は少し考え、身を屈めて店主と視線を合わせた。

「ええと……僕は大仰なおもてなしをされることが好きではなくて……。だからできれば、普通の客と同じように扱ってもらえるとありがたいんだけど」

「え……？　ふ、普通の客……ですか？」

　意外な言葉だったのか、店主が驚いた様子でパチパチと瞬きする。

　そのまましばらく戸惑った様子で僕を見つめていたけれど、店主は大きな耳をピコピコと動かして、「わかりました」と微笑んだ。

「では、旦那。何かお求めで？」

「あ～……さっき平安時代の鵺の武勇伝とか言ってたけど……」

「ああ、はいはい！　どうぞこちらに」

元気よく言って、店主が店へと入ってゆく。僕と朔はそのあとに続いた。

「平安時代の大妖怪、鵺の活躍を描いたもんでさ」

あやかしには疎くとも、僕は歴史を専攻していたのもあって、鵺のことは多少知っている。

なぜなら、鵺は『平家物語』や『源平盛衰記』に出てくるからだ。

平安時代末期、御所――清涼殿に、毎晩のように黒煙とともに不気味な鳴き声が響き渡り、その影響で二条天皇は病を得てしまう。その命をお救いするために、源頼政が鵺退治を命じられ、見事討ち果たすという話。

これがただの創作と違うのは、『平家物語』自体が、平氏の栄華と没落――貴族の衰退と武士の台頭を克明に描いた軍記物語だということ。

退治した源頼政はもちろん実在していたし、彼が近衛天皇からいただいた褒美――それも現存している。東京国立博物館所蔵――獅子王がそれだ。

ほかにも、鵺退治の話にまつわる物はかなり残っていて、どこまでが創作で、どこからが創作でないのかはよくわからなかったりする。だけど、やっぱり創作が確実に混じっているから、『平家物語』に描かれている鵺と、『源平盛衰記』のそれではかなり違う。日本各地に残る伝承も矛盾だらけだ。つまり、僕の嫌いな『諸説』のオンパレード。

「鵺にかんする本って、いくつもあるの？」

藍色の暖簾をくぐって中に入ると――狭い土間と四畳の和室のこぢんまりとした空間が。漆喰の塗り壁に、すっかり日焼けした畳。飴色の天井から下がるレトロなランプ。

部屋の奥には、年季の入った大きな長持が二つ置かれている。そして、僕らの目の前――土間に近いところには、同じく年季の入った長テーブルが。そこには、浮世絵やたくさんの和綴じの本がところ狭しと並べられていた。

店主は軽やかに和室に上がると、長テーブルの向こうに腰を下ろして、にっこりと笑った。

「今、うちにあるのは、三冊ですねぇ。人間の文字に翻訳されているのは、そのうちの二冊。一冊はそちらに。さっき言った、平安時代の鵺の武勇伝をまとめたものでさぁ」

店主が前足で、緋色の表紙の和綴じ本をポンと叩く。

「それら三冊に描かれてる鵺って、どんな姿？」

「は……？」

それをまじまじと覗き込んで言うと、店主がきょとんとして首を傾げた。

「鵺って言やぁ、大きな牙を持つ犬の顔に、屈強な虎の胴体、人間のように器用な指を持つ猿の手足に、生きた蛇の尾、そして、鳥の不吉を映した漆黒の翼と決まってますでしょう？ご存知なかったんですかい？」

「……あー……」

それは、僕が知らない鵺だわ……。

「……人間の世に伝わっている鵺は、ちょっと違うんだよ」

「へぇ？　それはどんな姿なんで？」

店主が興味津々といった様子で身を乗り出し、片眼鏡を弄る。

「書物によっても違うんだけど、おそらく一番有名なのは、猿の顔に狸の胴体、虎の手足に蛇の尾――かな？　ほかにも、胴体が虎で手足が狸、尾が狐とか。鶏の胴体に猫の頭とか」

「鶏の胴体に猫の頭ですって⁉」

店主がポカンとして僕を見つめたあと、前足で口もとを押さえてプッと噴き出した。

「なんてぇ滑稽な姿だ。不吉の象徴――伝説の大妖怪もかたなしですなぁ！」

そのままポンポンと膝を叩いて、大笑い。

「そいつぁ見てみてぇや！　滑稽本として売り出したらウケそうだ！　仙狸の旦那。それ、手に入りませんかねぇ？」

「あー……多分、手に入るんじゃないかなぁ？　ねぇ？　マキちゃん」

「うん。だって――」

僕は頷いて、目の前に置かれている緑色の本を指差した。

その表紙には、日本国民なら誰でも知っている——いや、もう世界的にも有名な偉大なる大先生の絵が描かれていた。

「これ、さっき言ってた『人間が描いた妖怪の漫画本の写本』だろ？　あやかしの世界でも有名な方なんだな」

そりゃそうか。妖怪を描かせたら右に出る者はいないぐらいの方だもんな。

「ええ。とても人気ですよ。——やや⁉　ということは……？」

「うん。この大先生が描いた妖怪の事典のようなものがあるんだよ。年代ごとにいろいろなバージョンが出ているから、そのどれに鵺が載っているかはちょっとわからないんだけど、でも調べればすぐにわかるし、手に入れるのもそんなに難しくないと思うよ」

「なんと！　そ、それは本当ですか⁉」

頷くと、店主が腕を組んで何やら考え出す。

「あの御大（おんたい）の事典のようなものだと？　鵺のほかにもたくさんの妖怪が描かれているということか？　それは……」

「あ、商売をしようって考えているんだったら、ナシだぞ？　あやかしに著作権を説いても仕方がないかもしれないけれど、あくまでも人間世界の出版物なんだから、個人的に楽しむ用途以外で手に入れようと考えているなら、協力はしないからな。駄目だぞ？」

何やらブツブツと呟いている店主に、慌てて念を押す。駄目だぞ。それは駄目だからな。

「それよりも教えてほしいんだけど、あやかしの世界では鵺の姿は固定なんだろ？　だけど、人の世では違う。めちゃくちゃ諸説があるんだ。なんでだと思う？」

「――へ？　そりゃあ」

店主が顔を上げ、ピンクの肉球が可愛い両の前足を広げる。

「あやかしの正確な姿をちゃんと『視る』ことができる人間がほとんどいないからでは？」

「……！　正確な姿を？」

首を傾げた僕の横で、朔が部屋の奥の長持を指差す。

「視力のいい人は、あの長持の形も色も、金具の細工も、細かい傷まですべて見えますけど、視力の悪い人は、ぼんやりとしたこげ茶色の大きい何かにしか見えないでしょう？　それと同じですよ。あやかしを見る能力の差で、見えるモノが変わる」

「ああ、そっか」

僕があやかしをはっきりと認識できているのは、太常の――神さまの左目があるからだ。そうでなければ、僕はあやかしの姿を見るどころか、その気配を感じることすらできない。

「少々感覚が鋭いぐらいじゃ、あやかしたちが見ている景色とまったく同じものを見ることはできないってことか……」

この——神さまの目ぐらいの力がなければ。

「そう。それに、我々は、多くの人間にとっては『恐ろしいモノ』なんでしょう？」

店主がクイッと片眼鏡を弄る。

「仮にはっきりと目に映すことができても、じっくり『視る』ことと『知る』ことができる人間は稀も稀。それこそ、奇跡のような存在なのでは？」

「——あ」

その思いがけない言葉に、僕はまじまじと店主を見つめた。

だけど、言われてみればそのとおりだ。

はっきり見えなくても——いや、はっきり見えないからこそ、自分の理解が及ばない正体不明の大きな獣のようなものが現れたら、驚くどころの話じゃないだろう。動転し、恐怖し、一目散に逃げ出すに決まっている。

詳細に観察する余裕などあるはずもない。命からがら逃げ切って、安全を確保できてからようやく、あれはなんだったのかと考えを巡らせることができるようになる。

もともとその目はあやかしの正確な姿を映していない上に、自身の身を守ることに必死で、じっくり視る時間も余裕も皆無。

たしかに、そんな状態で姿を記憶することなど不可能だろう。

「はー……なるほどねー……」

不確かな目撃情報をもとに創作を交えて書物にしたためていたら、そりゃ一貫性がなくて当たり前だ。

「じゃあやっぱり、神さまやあやかしを知るためには、人間が書いた本を読んでも駄目だ。神さまやあやかしのそれじゃないと」

「……！」

朔が目を見開く。僕は店主をまっすぐに見つめて、ズイッと身を乗り出した。

「なぁ、十二天将について書かれた本はないか？」

「か、かしこきあたりの本ですか⁉」

店主が、ギョッとして身を震わせる。二本の立派な尻尾がぶわっと膨らんだ。

「うん。ない？」

「い、いやぁ～……それは……」

なぜか困った様子で言い淀み、店主がチラリと朔を一瞥(いちべつ)する。

「あるにはありますが……売りもんじゃありやせん。それに、文字があやかしのそれです。人には——旦那には読めませんよ」

「翻訳されたものは？　一切ないの？　手に入れるにはどうしたらいい？」

「……それは……」

モゴモゴと口ごもり、前足で耳を何度も掻く。

そのまましばらく沈黙したあと、店主はなんだか観念した様子で深いため息をついた。

「正直に言いますけど、かしこきあたりの本は、旦那には……人間にはお売りできやせん。

申し訳ありやせん……」

「……！　人間は、駄目なのか……？」

店主が俯いたまま、ひどく申し訳なさそうに頷く。

「どうしてか、訊いてもいいか？」

委縮させてしまわないように、努めて優しく尋ねる。

店主はおそるおそるといった様子で僕を見て――再び嘆息した。

「……かしこきあたりのみなさまは、とても力のある神です。それは、人には過ぎたる力。

使い方を間違えれば、非常に危険な凶器となります。それこそその力を悪用すれば、現世も幽世も簡単に滅ぼすことができると言われております」

「……！　それは……」

「人間は賢い。そして、狡猾で欲深い。人間が新しい力を手にするたびに何をしてきたか、それは歴史が証明しておりますでしょう？」

言葉を選びつつ話す店主に苦笑して、頷く。

「そうだな。それは否定しないよ。人間の歴史は、イコール戦いの系図だから」

「……旦那を信用していないってわけじゃございやせん。ただ、神さまやあやかしの理は、人間のそれよりもよほど拘束力が強いんですよ」

「理の……拘束力？　ええと……ゴメン。ちょっとピンとこないんだけど……」

それに答えてくれたのは、店主ではなく朔。

「名の扱いについて、華姐さんに注意されたでしょう？　あやかしに気軽に名前を尋ねてはいけない。尋ねられても答えてはいけない。名を知られることは、命を握られたも同じだと思えって」

「ああ、うん。言われた」

「名において誓ったことは、決して破れません。それは死を意味します。それだけじゃない。名を握られた上で命じられたことには、よほどのことがない限り逆らえません。その命令に逆らおうとすれば、それこそ死に匹敵する苦痛を味わうこととなります。俺らにとって名は、それだけ重いものなんです。だから、俺らは名を守ります。それこそ——命をかけて」

朔がそこで言葉を切り、じっと僕を見つめる。

獣の瞳孔を持つ瞳が険呑とした光に煌めき、僕は思わずビクッと身を弾かせた。

「たとえば、マキちゃんが俺の真名を呼んで『人を殺せ』と命じれば、俺は逆らえません。その瞬間、俺は大量殺戮兵器になりますよ。百人でも二百人でも殺します」

「ッ……！」

予想だにしていなかった言葉に、ギョッとする。

唖然として口を開けた僕に、「それぐらいのことはできますよ。一応ね」とこともなげに言って、朔はフッと口角を上げた。

「そして――俺を裁く法はありません。そもそも捕まえることもできないでしょうね。俺は、人間じゃないんで」

その狂暴な笑みに、ゾワリと背筋が冷える。

「俺ごときで、それです。太常の旦那を、十二天将を――あの強大な神々を、ただの人間が掌握してしまったら？　それが、どれほど危険なことか……わかりますよね？」

「……っ……」

頷くしかなかった。

だって、僕もそう思うからだ。僕は人間だけど――いや、人間だからこそ、思う。

その大いなる力を、人間は必ず悪用する。

なぜって？　もちろん、今までそうしてきたからだ。

「しかも、名だけじゃありません。種としての本能だったり、欲望だったり、そのほかにもいろいろなものに縛られています。それに逆らったり、それを超えてゆくことは、人間なら容易(たやす)くとも、あやかしには死を伴うようなこともたくさんあるんです」

「それが……理の拘束力……」

「ええ。だから十二天将にかんする情報を、不用意に人間に与えてしまうのは危険なんです。前に、マキちゃんが俺を『仙狸』って種族名で呼んだ時に俺、言いましたよね？　『太常の旦那みたいに、この世に一人だけならそれでもいいんでしょうが』って」

「ああ、たしかに……」

「この世に『太常』はあの方だけなんです。だとしたら、旦那の名は『太常』の性質に深くかかわっている可能性もあります」

「……！」

「西方を守護する猛獣『白虎』の名は、五行説においての属性である金や西の色である白に関係しているかもしれない。あるいは、中国天文学の二十八宿のうちの西方七宿とか、もしかしたら、秋の季語である『白帝』は『白虎』と同義です。秋が関係しているかも？」

　朔が両手を広げ、「俺にはわかりません。あれこれ推測するぐらいのことしかできません。俺は馬鹿なんで」と言う。

「だけど、情報という材料があれば、人はつかんでしまうかもしれない。十二天将の命を。彼らを意のままにする術を。人は恐ろしく賢く、狡猾で——欲深いですから」

「っ……」

思わず、唇を噛む。そんなことはないと——人はそんなことはしないと言えないことが、とても悔しかった。

そんな僕を見て、朔が小さく苦笑をもらす。そして、「辛辣なことを言いましたけど」と肩をすくめた。

「マキちゃんがそんなことをするとは思ってませんよ。だけど、マキちゃん以外はするかもしれない。未だに現世にいる時間が長く、人とかかわって生きている俺ですら、その点では人を信用できていません」

「……なんだ。僕のことは、ちょっとは信用してくれているのか」

なんだか重苦しくなってしまった空気を変えるべく、少し茶化すように言うと、朔もまた人好きのする笑みを浮かべて頷いた。

「そりゃ、もう……！　当たり前でしょう。めちゃくちゃ信用してますとも。太常の旦那が選んだ人ですしね」

「は……？」

思わず、ポカンとして口を開ける。――は？　急に何を言い出した？

「太常が……選んだ？　僕を？」

「え？　そこ、わかってなかったんですか？」

いったいなんの話だとばかりに眉を寄せた僕に、朔が呆れたように顔をしかめる。

「そりゃ、そうでしょう。安倍晴明の亡きあと、たび重なる戦でどれだけ国が荒れようと、無能な為政者に民が虐げられようと、『一坪』が二度にわたって所有者を失い、日本の国の根幹が揺らぐほどの未曾有の危機が訪れても、太常の旦那はほとんど己の力だけでなんとかしてきたんですから。非協力的な神々ばかりの中、必死に道具たちを従え、あの屋敷を――日本の礎を守ってきたんです。それがどういうことか、言わなきゃわかりませんか？」

僕の顔の前に指を突きつけ、朔がズイッと身を乗り出す。

「まず太常の旦那が、安倍晴明以外の主をよしとしなかったってことでしょうよ。どれだけ自分が苦労することになろうと、安倍晴明のほかには、誰もあの屋敷の土を踏ませなかった。歴代の『一坪』の所有者は、誰一人として主にはなり得なかったんですよ。安倍晴明以外に、あの屋敷に入った人間は――マキちゃんだけです」

ヘーゼルの不思議な色合いの双眸が、僕だけを映し出す。

「それって、つまり、マキちゃんだけは値すると思ったってことでしょう？」

自分が『主』と呼ぶに、千の道具たちを預けるに、ふさわしいと――。

「っ……。それは……でも……」

たしかに、僕の祖父も曾祖父も、土地の所有者だっただけで、『一坪』の意味についてはは太常は説明しなかったと言った。曾祖父にいたっては、『一坪』を訪れてすらいないらしい。

だけど、僕を主として選んだなんて話だったか？

アイツは、この国の守護は不完全な状態で、残された者たちでなんとか凌いできたけれど、それでも徐々にこの国は膿み、人々は病み、疲れてきていると――次に何かが起こった時は、おそらく耐えることはできないと言っただけだ。

今まではなんとかやってきたけど、もう限界だって――だから、タイミング的なところがでかいって解釈だったんだけど？

そりゃ、主としての才があるとは言ったけれど、このタイミングでたまたま才のある者が『一坪』を受け継いでくれたからラッキーみたいな？ それに乗じて今までのツケを一気に払おう的な？ そんなニュアンスだったと思うんだけど。

そう言うと、朔は「まさか。そんなわけないでしょうよ」と首を横に振った。

「今までにだって、危機はいくらでもありましたけど？ なんなら、今までの危機のほうがあきらかにヤバかったと思うんですけどね」

「いや、僕はそれ……知らないし……」

「っていうか、マキちゃん――」

イマイチ納得がいかなくてモゴモゴ言う僕を制して、朔が僕の目を覗き込む。

「太常の旦那に、『妥協』なんてもんができるとでも思ってるんですか？」

「ッ……！」

思わず、目を剝いて口を噤む。――嘘だろ？　マジか。

「……ものすごい説得力だった」

「でしょう？」

朔が満足げに笑う。そりゃ、そうだ。今まさに、太常が『妥協』とか『譲歩』ってもんを知らないせいでがっつり衝突してるんだから。

「……じゃあ……」

「太常の旦那はまさしく、自身の――千の道具たちの主に、マキちゃんを選んだんですよ」

ドクッと心臓が高鳴る。僕はパーカーのみぞおちあたりをギュウッと握り締めた。

ずっと、運が悪かったから『主』になったんだと思っていた。

たしかに言葉の上では、祖父や曾祖父は『一坪』を所有していただけだったことも、僕が安倍晴明の次の主であることも、聞いていた。

だけど——太常の僕に対する態度があんまりにもアレだから、僕の中でそのエピソードはあまりにも軽くなってしまっていて、なんと言うか——ちょうどいいところに僕が来たから、もうコイツにしてしまえって、主を押しつけられたように感じてしまっていた。

そうじゃないのか？　僕はちゃんと選ばれて、求められていたってことなのか？

『基本、やりたいようにやるんだよ、太常は。っていうより、神ってのは基本的にそういうもんだ』

白虎の言葉が、今になって心に落ちてくる。

『神の行いに善いも悪いもない。すべてが是とされる。だから俺たち神は基本的に、自身を律することも、何かを我慢する必要もない。やりたいようにやる』

そうだ。太常は——神さまは、基本的に我慢をしないんだ。

できが悪いくせに、従順ですらない。扱いにくいだけで大して役にも立たないような僕を、いい、我慢して主にしたりはしないんだ。

「……っ……」

僕は両の拳を握り固めると、静かに僕らの話に耳を傾けていた店主へと視線を戻した。

「……店主。僕は、あの屋敷の主として、ちゃんとみなとかかわっていきたいんだ。だから、少しでいい。十二天将のことが知りたい」

知りたい。神さまのことを、あやかしのことを。

そして、十二天将——安倍晴明が従えた最強の式神たちのことを。どうしてもだ。

十二天将にかんする書籍が少ない理由についても納得した上で、それでも知りたい！

「教えてくれ。人である僕が、彼らのことを知るにはどうしたらいい？」

もちろん、無理やり聞き出そうってわけじゃない。秘密を暴こうとしているわけでもない。

そして、神さまやあやかしを脅かすつもりなんて毛頭ない。そう言ったところで、無条件で信じてなんてもらえないだろうけど。

でも——知りたい。理に触れない範囲内でいいんだ。少しでも、彼らのことを知りたい！

「…………」

そんな僕をじっと見つめて——ややあって、店主がやれやれといった様子で息をつく。

「旦那がかしこきあたりの主であろうとも、人である以上は、新たな情報を与えるわけにはいきやせん。しかも、あっしはなんの権限も持たない、ただの書林の店主でしかありやせんからね。ただ——」

そこで一度言葉を切ると、片眼鏡をクイッと持ち上げて、目を細めた。

「人がすでに知ることができる情報のうち、正解をお伝えすることはできやすよ」

「……！」

その言葉に、思わず身を乗り出す。

「それって……つまり『諸説』の中の正しいものを教えてくれるってことか……？」

「さようで」

「……！　それでもいい！」

それがわかるだけでも、ものすごくありがたい。

「頼む……！　お願いします！」

深々と頭を下げると、店主は満足そうに微笑んで、傍らの扇を手に取った。

「では、旦那はどなたについて知りたいんで？」

「ええと……」

欲を言えば、全員だ。全員の詳細を知りたい。

でも、現世で調べてわかること以上の情報はくれないという。あくまで、諸説あるうちの正解についてのみ教えてくれるということだから……。

僕は腕を組んで、うーんと上を仰いだ。

「太常と白虎、天空とは会った。そして、騰蛇（とうだ）については、太常から聞いた。十二天将が一、南東を守護する凶将——騰蛇。象意は恐怖、死、火、血、刃物。鬼火を従え、炎を身に纏（まと）う羽の生えた大蛇」

騰蛇についても本やネットで調べたけれど、やはりそれぐらいしか情報は出なかった。

ということは、おそらく人に知られていいラインがこのあたりなんだろう。

これ以上を知りたければ、騰蛇自身に会うしかないってことだ。

だったら、すでに会っている太常や白虎、天空について訊くのは無意味だ。騰蛇と同等の情報はもう知っているし、その上でふれあってまでいるんだから。間違いなく、彼らに一番詳しい人間は僕だ。

となると――。

「太常・白虎・騰蛇・天空――それ以外の神について、教えてくれ」

「かしこまりまして」

店主が気取って一礼し――噺家(はなしか)よろしく扇でペペンとテーブルを叩いた。

「では、恐れ多くも四獣のみなさまからいきましょうか！　南西の守護獣・白虎に相対する北東を守護する吉将――青龍。象意は繁栄、権威、品行方正、富。その名のとおり、巨大な青き龍であらせられる」

再度テーブルを叩いて、店主が悪戯っぽく笑う。

「まぁ、青きと言っても、緑なんでございやすがね」

「えっ⁉」

初っ端から出てきた意外すぎる事実に、思わず目を丸くする。

「緑⁉　青じゃなくて⁉」

「白虎と一緒ですよ。中国語の意味を考えてください。まぁ、『虎』は古代と現代では少し意味が違いますが。それでも『青』は現代でも『緑』と同義です」

あっけにとられる僕に、朔が横から補足説明を入れてくれる。

「日本でも、『青信号』だの、『青葉』だの、緑を青と呼ぶ言葉は結構あるでしょ？」

「ああ、そっか……」

たしかに。和の伝統色とかでも、青って文字が使ってあるのに緑なの結構あるもんな。

おお。すごい。もう勘違いが正されたわ。

「同じく四獣が一、南を守護する凶将――朱雀。象意は派手、華美、学問、知恵、美など。目もくらむほど美しい飾り尾羽を持つ紅い霊鳥であらせられます」

「派手で華美で美って……」

――どんだけ派手なんだ。

「調べた本には、鳳凰（ほうおう）と同一視されることもあるってあったけど」

「鳳凰とは、完全に別の存在でございますねぇ」

「別なんだな？　よし、覚えた」

頷くと、店主がにっこり笑って、テーブルを叩く。

軽快な扇拍子の音が通りにまで響いて、道行くあやかしたちがなんだなんだと足を止める。

店の中に向けられる視線に、店主はさらに満足げな笑顔を見せて、彼らの気を惹くように、ことさら軽やかな音を立てた。

「朱雀に相対する、北方を守護する凶将――玄武。象意は秘密、滅亡、陰気、邪心、悪智恵、忘失など」

「は……？」

予想外の言葉に、思わず目を丸くする。あ、あれえっ⁉

「黒き亀に白き蛇が巻きついておられる、尊いお姿であらせられます」

「え？　そこはそうなんだ？　ちょっと待ってくれ。亀は長寿と不死の、蛇は生殖と繁栄の象徴だって話じゃなかった？」

「そうですね」

朔が頷く。

「あっておりますよ。旦那」

「なのに、象意が陰気に滅亡に悪知恵に忘失……？」

どういうことなんだ。それは。

「あっしが言えるのはそこまでですね」

店主がにっこりと笑う。——そっか。それ以上は教えてくれないか。

僕は思わず片手で顔を覆って、ため息をついた。

「玄武は一番混乱したんだよな。太陰と同一視してる本もあってさ……」

「ああ、それは四象の太陰ですね。十二天将の太陰とは別ですよ」

飽きてきたらしい朔が、妖怪漫画の写本をめくりながら言う。ちくしょう！

「四象と四神と四獣は同義だともあった！」

そんなのばっかりだ！　神さまとか！　あやかしとか！

「とりあえず、十二天将の太陰と玄武は別の存在ですよ。そう覚えちゃいましょう。そこは機械的に。そのほうがいいと思いますよ。調べれば調べるほど混乱しますから」

「……そうする」

「では、その太陰につきまして。西を守護する吉将です。象意は精錬、静香、清貧、神職、正直。これ以上は申せませんが、基本的に女童の姿をしております」

「女童ぁ⁉」

おい、待て。本には、知略に長けた老婆ってあったはずだけど⁉　そんなんありか！

ああ、もう！　本当に、神さまを知るって難易度が高ぇ！

「よく知られている四獣のみなさまとは違い、ここからはさらにお伝えできる情報が少なくなりますよ。北西を守護する吉将――天后。象意は女性、妻、愛人、気品、優雅さ、淫乱。天上聖母の別名で知られ、多くの女神の長です」

「……女神たちの……」

「そして、東を守護する吉将――六合。象意は交際、和睦、和合、仲介者、平和、盟友など。非常に穏やかな神にございます」

そこまで言って、店主はペンペンと扇でテーブルを叩くと、深々と頭を下げた。

「――語ることができるのは、ここまでにございます。ご清聴ありがとうございやした」

「……！　え……？」

唐突な幕引きに、思わず目を見開く。

だって――十二には、あと二神足りない。

「貴人と勾陣については、何も言えないってことか？　どちらも別名がいろいろある神なんだけど……その正しいものを知ることすら無理ってことか？」

「ええ。その二神については、何もお教えできません」

「………」

そんなことってあるのか？　困惑して朔を見るも――彼の答えも同じだった。

「俺が言えるのは、その二神については、太常の旦那の力がまったく及ばないとだけしか。それ以上は駄目です。何も言えません」

「まったく？　でも、太常は安倍晴明から道具たちの管理の命を……」

そこまで言って、ハッとする。――そうか！　出奔した神だ。

『二度の所有者不在により、道具の一部が壊れ、一部が逃げ出し、一部が使用不能となってしまいました』

太常はかつて、僕にそう説明した。そして、それは十二天将の中にも及ぶのだそうだ。魂が変じ、穢れて――使用不能になってしまった神が騰蛇だ。

騰蛇にも、今現在、太常の力はまったく通用しない。それどころか、闇に沈んだ西の棟に太常は近づくことすらできないって話だ。

「………………」

封印を破り、安倍晴明から課せられた役目を放棄し、逃げてしまった二神は、もうすでに太常の管理下にない。だから――太常の力がまったく及ばない。どこにいるかすら、太常はつかめないでいる。

つまり――。

「……そっか。僕の身の安全のためにも、言えないと」

神さまやあやかしは、命をかけて名を守るという。彼らも、そうしないとなぜ言える？　二度と国の礎として地に縛りつけられないために、自身の情報を得ようとする者――つまり僕に、牙を剥くかもしれない。そういうことだ。

「そういうことなら、僕も命は惜しいし、今は諦めるよ。……ありがとう」

「……理解いただき、ありがとうございやす」

「いやいや、こちらこそ気遣ってもらって嬉しいよ。それに、情報もすごく助かった」

間違っている説を潰すだけという話だったけれど、それでも僕にとっては驚きの新情報もたくさんあったし。

「二歩も三歩も進めた感じだ。本当にありがとう」

「それはようございました。あっしも嬉しゅうございますよ」

「えっと……じゃあ、お代はどうしよう？」

しまった。それは先に確認しておくべきことだったな。

「人間のお金なんか、いらないよなぁ？」

一応、財布を取り出して中を見せるも――やはりあまり興味はないらしい。店主が前足で耳を掻きながら、肩をすくめる。

「はぁ、まぁ……そうですねぇ。我らには使えませんし」

「どうしようか。お代はちゃんと支払いたいんだけど、何か欲しいものはある？　あるいは僕にできることとか」

「……！　それでしたら」

さすがはあきんどだ。美味しい話は逃さない。瞬間、店主はピクンと大きな耳を立てて、身を乗り出した。

「れ、例の御大が描いたという妖怪の事典のようなもの！　それが欲しいんですが！」

「え……？　ああ、いいよ？　ただし、商売に使わないって約束するなら」

あやかしといえど、そこはきっちりしたい。しっかりと念を押す。

「プライベートで楽しむ用としてなら、探して持ってくるよ」

「っ……！　ややや約束しますとも！　証文でもなんでも書きましょう！」

よほど読みたいらしい。まるで拝むように前足を合わせて、店主が言う。その名にかけて誓ってくれるんなら、大丈夫だろう。

「じゃあ、決まり。ほかには？　ちょっと時間がかかるかもしれないから、担保的な感じでほかにも何かあれば……」

「ほか、ですか？　お代としてはそれで充分ですし、担保と言っても……かしこきあたりの主さまが、お代を踏み倒すなんて思いませんがねぇ？」

そう言いつつ、申し出を断るつもりはないんだろう。店主はしばらく逡巡すると、前足で僕の鞄を示した。

「それなら、その中に入っているものをいただけると、非常に嬉しいのですが」

「え？　鞄に……？」

僕は首を傾げて、鞄を開けた。

「どれのことだ？」

中には、刀袋に入れた華、財布にスマホ、ハンカチ、鍵、筆記用具。あとは――。

「ああ、それです！」

僕が取りだしたものを見て、店主が声を上げる。僕は手の中を見て、目を丸くした。

「へ……？　こんなものでいいのか？」

「なんです？　それ」

脇から、朔が僕の手もとを覗き込む。

「キャンディ、ですか？　飾り気ゼロですけど。包み紙に印刷も何もないって……」

「べっこう飴だよ。包装がブサイクなのは許してくれ。手作りだから」

「は？」

弾かれたように顔を上げ、目を丸くする。

「手作り⁉　マキちゃんの⁉」

「うん。そう。べっこう飴ってめちゃくちゃ簡単だぞ。砂糖に水を混ぜてレンジで加熱して、型に入れて固めるだけだから。かき氷のシロップを入れると、色もカラフル」

一つ、包み紙から取り出してみせる。これはメロンシロップを入れた、緑の飴だ。ほかにイチゴとブルーハワイとレモンで着色したものがある。

「包み紙は？」

「クッキングシートをカットして、飴を包んで捩じるだけ」

その飴を口に突っ込みながら言うと、「……マジッすか」と朔が眉を寄せた。

「作らなくても、飴ぐらい俺がいくらでも買ってあげますよ？　マキちゃん……」

「……憐れむような表情はやめろ。飴を買う金がないわけじゃない。勘違いするな。単純に、このチープな味が好きなんだよ。たまに、めちゃくちゃ食べたくなるんだ」

そして一昨日、その欲求がドカンときて、大量に作ったところだったんだよ。

「こんなものでよければ、いくらでも」

ビニール袋に雑に入っていたそれを、半分ほどテーブルに置く。

「こ、こんなにも⁉　なんて太っ腹な！　ありがとうございます！　家宝にしやす！」

え？　食えよ。そこは。

背後からヒソヒソと、「ええのぅ」とか、「主さまが自らお作りになった飴だと？」とか、「羨ましいのぅ」などという声が聞こえる。それらに誘われるように振り返ると、店の前に人だかり――いや、あやかしだかりができていた。――ここまでかな？

「じゃあ、本当に助かった！　ありがとう！　お代を支払いに、また近いうちに来るわ」

「こちらこそ、いいお取り引きをさせていただきまして、ありがとうございました。また、お待ちしておりますわ」

店主が畳に手をついて、実に丁寧にお辞儀をしてくれる。

「じゃあ、行きましょうか」

朔がポンと僕の肩を叩いて、先に歩き出す。――仕方ない。

僕は店主に手を振って、朔に続いて店をあとにした。

「帰ってやるとするか」

4

ざわめきが起こったのは、店を出てわずか数分後のことだった。

中には悲鳴のような声も混じっていて、僕はほとんど反射的に後ろを振り返った。

「っ……！」

瞬間、ゾワリと冷たいモノが背筋を這い上がる。

僕は息を呑んで――そのまま立ち竦んだ。

そこに立っていたのは、泥人形と呼ぶのがピッタリの――見上げるほどの大男だった。

濁ったガラス玉のような目に、黒い汚泥を塗り固めたような肌。老人のようにぐにゃりと腰が曲がっているのに、それでもなお、その顔は朔の頭よりもずっと高い位置にある。

「……っ……」

鼻を突く腐敗臭に、思わず眉を寄せる。澱んだヘドロのような、ひどく生臭い臭いがする。

「……あァ……」

泥人形が、温度のない目でじぃっと僕を見つめる。

「あ、主……さま……」

「え……？」

「――なんだ、お前」

主と呼ばれて驚いた僕を背に庇うようにして、朔が泥人形をねめつける。

「その穢れはどうした？　見苦しい」

「…………」

その声にはまったく反応を示すことなく、泥人形がひどく緩慢な動きで一歩踏み出す。

朔がビクッと身を弾かせ、「近づくな！」と叫ぶも――それも聞く気はないらしい。

というより、そもそも言葉を解しているのだろうか？

「穢れ……？」

泥人形を見つめたまま朔の袖を引っ張ると、「怒りとか恨みとか、そういった負の感情に呑みこまれて、魂が変容したんですよ」という答えが返ってくる。

僕はハッとして、朔の厳しい横顔を見上げた。

「……！　つまり、螣蛇みたいに……？」

「ええ。人間で言うなら、正気を失いかけているといったところでしょうかね。――いや」

獣の瞳孔を持つ目が、凶暴な光に煌めく。

「もうとっくに正気じゃないか」

「……っ……！　正気じゃないって……」

「――マキちゃん、俺から離れないでくださいよ？」

朔の声が、静かな殺気を孕む。僕はブルリと背を震わせ、首を縦に振った。

「みなは離れろ。建物の中へ。決して、穢れを受けないように」

その言葉に、通りにいたモノたちが建物の中や物陰へと身を隠す。

あれだけ賑わっていた大通りが、嘘のように一気に閑散とする。

『穢れ』がどういうものなのかは、いまいちよく理解できていないけれど、朔が近くにいたあやかしたちに離れろと言ったということは、近づいたりしてはいけないものなのだろう。

つまり、目の前の泥人形は、大通りを歩いていたあやかしたちにとって——そしてきっと僕にとっても『良くないモノ』なんだ。

「あ、主さま……」

「ああ、なんてこと……」

「穢れが、主さまに……」

ひどく心配そうなヒソヒソ声が、あちこちから聞こえる。

しかし、その姿はもう見えない。どうやら、みなの避難は完了したようだった。

そのことにホッとしたのもつかの間——大通りに繋がる路地の奥の暗がりから、ズズズと何かを引きずるような音がして、大小さまざまな形の泥人形が姿を現す。

「ひぃっ……！」

「な、なぜ、あんなに……」

「いつもは、町の外の暗がりから出てこないのに……」

隠れているあやかしたちの声は、ずいぶんと怯えているように聞こえる。

――もしかして、かなりマズい状況なのだろうか？

「……さ、朔……」

「主さま……。十二天将の、主……」

再び朔の袖を引っ張った――その時。最初に現れた大きな泥人形が僕を呼ぶ。

そして、相変わらずの緩慢な動きで、汚泥にまみれた両手をこちらに差し出した。

「お、お……おレ、にも……飴を……。十二天将のコト、教えル……」

「え……？」

意外な言葉に、目を丸くする。

飴？　ああ、書林の店主にもあげたべっこう飴のことか？　え？　あれが欲しいのか？

「そんなもんでいいなら……」

目的がそれだけなら、渡してやろう。どうせ大したもんじゃないし。そうすれば、みなに被害を出す前に、町の外へ帰ってくれるかもしれないし。

――と、鞄に伸ばした手を、朔が止める。

「……屋敷まで走りますよ」

「え……？　うわっ⁉」

目を見開いた瞬間——そのままその手をつかんで、朔が地を蹴る。

ぐんと強く引っ張られて、何かを考える間もなく僕は走り出した。

「……！　そん、な……！　主……！」

泥人形たちが次々と絶望の声を上げる。

「主……主……我らニも」

「主……よ。慈悲(じひ)を」

「アナタに認められたなら……また、力を得らレる……」

「主よ……。慈悲を」

「は……？」

走りながら、思わず後ろを振り返る。

僕に認められたら、また力を得られる——!?

なんだそれ!?　そんなの知らないぞ。いったいなんのことだ。

「力もなく、人間に棲み処(か)を追わレ、可哀想な我らに……ドウカ……」

「慈悲を……」

「慈悲を……」

汚泥をまき散らす黒々とした手が、僕へと伸ばされる。

「慈悲を……」

「どうか……」

「飴を……」

「飴がなけレば……主の髪を……」

「血を……」

「爪を……」

「目玉を……」

「力を……」

お、おいおい……。

「要求がどんどん物騒になっていってないか……？」

「溺れるモノは藁をもつかむ的なアレですよ」

僕の目玉は藁かよ。

大通りをまっすぐ走っていても、屋敷から遠ざかるばかりだ。比較的明るくて広い路地を選んで、飛び込む。

「前に、人間の強い信仰は神さまを作ってしまうんだって話をしたでしょう？　同じようにあやかしも、人間の恐怖や畏怖――あるいは創作から生まれるものがいると」

「言ってたな?」

「でも、科学の進歩により生活が豊かになるにつれ、人は目に見えない何かに昔ほど恐怖を抱かなくなっていきました。科学的に根拠が証明されてしまった『不思議』も数多くありますしね。そうなれば——逆も起こり得ることは想像に難くないでしょう?」

「逆……」

つまり、人間が信仰しなくなったから、神さまは神さまでいられなくなる。

同じく、恐怖や畏怖から生まれたあやかしは、その根本がなくなってしまったら——。

「死ぬ——消える?」

言葉を失った僕に、朔が小さく肩をすくめる。

「……どちらにしろ、同じようなもんです。山が切り開かれ、街が光に満ちてゆくにつれて、多くのあやかしが棲み処を失いました。でもそれだけで済んだのなら、まだ幸運なほうです。あやかしの中には、忘れ去られることで存在することすらできなくなるモノもいる」

そう言って、厳しい目でチラリと背後を一瞥し、息をついた。

「そしてその中には、消える恐怖から心が闇に染まってしまったり、消えまいとするあまり禁忌に手を出して、自らのアイデンティティを壊してしまったりするモノもいるんです」

「禁忌……?」

「あやかしの理は拘束力が強い。『仙狸』は『仙狸』であることから外れてはいけません。たとえば『すねこすり』が――人を転ばせるだけのあやかしが、人を食ったりすれば……」

「……！　『すねこすり』としてのアイデンティティが崩壊する……」

消えないために――自分の存在をより強固にするため、もっと人に認識してもらいたい。恐怖してもらいたい。その一心だったとしても、侵してはならない理がある。

その一線を越えてしまえば――。

「そう。魂が変じ、穢れる。あとは消えるだけです」

「……それが、禁忌……」

種としての在るべき姿を、忘れてはならないということ。

僕はゴクリと息を呑んで、肩越しに背後を振り返った。

気のせいだろうか？　追いかけてくるモノたちの数がさらに増えているような気がする。

「な、なぁ……。僕が作った飴を食べて、何か起こるもんなのか？　普通の飴だぞ？」

「いや？　まったく」

は⁉

「まったく？」

「ええ、まったく」

え？　じゃあ、なんであんなに欲しがってるんだよ。

「安倍晴明の次なる主って肩書きが立派なだけで、マキちゃん自身には霊的な力はほとんどありませんよ。太常の旦那が言ったとおりカスみたいなもんです。だから、効果は露ほどもないでしょうね。書林の店主がそれを欲しがったのは、そういうものを期待してのことじゃありませんよ。言うなれば、『海に行った記念に貝殻が欲しい』的なことで……だから俺も止めなかったんです」

「じゃあ、本当に……藁をもつかむ、なんだな……？」

あの安倍晴明の次なる者――十二天将を統べる主が作ったものを手に入れれば、食らえば、何かが変わるかもしれないっていう。

「マジか……。言ってやればよかったのに……。そんな効果はありませんって」

「そんなの、言ったところで信じやしませんよ。そして、引き下がりもしないでしょうね。マキちゃんだって、日本を代表する超有名大企業の代表取締役に就いた人が、知識も能力も皆無でまったく役に立たない凡人以下のゴミカスだって言われても信じないでしょ？」

……今の、僕に対しての悪口だよな？

「下手をすれば、相手が激昂しちゃうこともあります。嘘をつくなってね。だから、ここは逃げるが勝ちだと……大丈夫です？　マキちゃん」

息が上がってきた僕に、朔が心配そうに眉を寄せる。

「運動不足じゃありません？」

「………」

いやいや、結構なハイペースだから。ジョギングのようなゆったりペースなら、僕だって
こんなにすぐに息切れしたりしないよ。

「前鬼後鬼の時はもう少し走れてたでしょう？」

「っ……思い出させるな……！」

あのトラウマを！

デリカシーの欠片もない言葉に、思わず舌打ちする。

「まったく……！　よりにもよってこんな時に、華が寝てるなんて……」

人に化けるという慣れないことをしたせいでひどく疲れたらしく、華はクリームソーダを
食べて店を出たあと、『我は寝る』と一言だけ言って、刀の中に引っ込んでしまったのだ。

この状況で出てこないところを見ると、どうやら今は完全に熟睡状態らしい。くっそ！

タイミング悪い！

「何を言ってるんですか。逆ですよ。寝ててくれて助かりました。千の道具を統べる主が、
町のあやかしに手出しなんかしたら……それはそれで厄介(やっかい)です」

朔が再び背後を見て、「一応、助けを求めてるわけですしね？　アレ。ただ相手の都合をまったく考えてないってだけで」と苦々しげに顔を歪める。

「ああ、そうか……」

彼らは、決して僕を害そうと思っているわけじゃない。

ただ、救う術を持たない僕に助けを求めている時点で、結果的に僕を害しかねない状況になってしまっているだけだ。

「……っ……」

こういう時、自分の力のなさが嫌になる。

たとえば、これが安倍晴明だったなら——彼らを救えたに違いないのに。

「幸い、屋敷は近いです。このまま……」

そこまで言って、朔がビクッと身を震わせ、足を止める。

その瞬間、傍らの長屋が道に落とす影からゴボッと音を立てて泥が溢れ、みるみるうちに泥人形へと姿を変える。

そのまま僕らの前に立ちはだかったそれは、行く手を阻むように大きく手を広げた。

「くっ……！」

前にも後ろにも、泥人形。さらに、周りの物陰からゴボゴボと不吉な音が響く。

絶体絶命――。さすがに、恐怖に身を震わせる。

その、刹那。

「なんということか！」

疾風(しっぷう)が、僕らを襲う。

同時に、吹き荒れる風の音のようにも聞こえる声が、あたりに響く。

「これが我が主とは！　――耐えがたし！　許しがたし！」

だけどそれは、間違いなくただの音ではなく、言葉だった。風とともに聞こえる人の声。

いや――これは、人ではなく。

「見ておれん！」

唸(うな)りを上げる激しい風とともに、怒声が轟(とどろ)く。

それに応えるかのように、僕らの足もとで何かが土をメリメリと持ち上げたかと思うと、
一気に成長し、僕らを囲む生垣ができる。

そして――その周りを荒風が逆巻いて、泥人形たちを一気に蹴散らした。

「下がれ！　我が主に触れること、まかりならぬ！」

風の唸りではない、はっきりとした声が空気を震わせる。

その鋭さに僕は身を弾かせ、声の方向へと視線を巡らせた。

僕の頭の上まで育った生垣の前に、その声の主は立っていた。

歳のころは、五十前後といったところだろうか？　両脇が縫い合わされていない闕腋と呼ばれるタイプの黒い袍に、緌のついた巻纓冠。太刀と、矢を美しく扇形に広げて盛った平胡籙を腰に帯びている。まるで、平安時代の武官のようないでたち。

ただ、人間ではない証拠に、白銀に輝く髪の間から、二本の太く立派な角が生えていた。

「っ……！」

もしかして――。そう思った瞬間、男が金色に輝く苛烈な目をこちらに向ける。

「我は十二天将が一、北東を守護する獣――青龍！」

そして、男――青龍は僕をにらみつけると、ひどく忌々しげに吐き捨てた。

「主よ！　いったい何をなさっておいでかっ！」

5

「聞いておいでか！　主よ！　考えられぬことですぞ！」

「……聞いてます……」

幽世の屋敷の寝殿(しんでん)。その母屋(もや)の昼(ひ)の御座(おまし)と呼ばれる——今でいうリビングのような場所。その三十畳はゆうにある板の間のだだっ広いスペースに、太常とともに正座させられた僕は、青龍の怒声に首をすくめて、小さな声で呟いた。

泥人形たちを一瞬にして蹴散らして追い払った青龍は、そのまま僕の首根っこをつかんで屋敷へと連行して——それからずっとお説教だ。現時点で、すでに二時間が経過している。非常につらい。

「もう一度言いますぞ！　あやかしや神相手に軽々しく取り引きなどしてはなりませぬ！施しを与えることもです！　ただの人であったとしても、それは非常に危険なことです！ましてや、主は神を統べるお立場！　何が起きてもおかしくなかったのですぞ！」

——もう一度って言うけど、すでに三十回目ぐらいなんだけど。

「わかった。本当にわかった。申し訳ない。……僕も繰り返すけれど、知らなかったんだよ。普通に店で買い物をする感覚だったんだ。だけどよく考えれば、現世の金があやかしの町で使えるわけないいんだし、物々交換になれば、もうそれは取り引きと呼ぶべき行為になるよな。本当にゴメン！　軽率だった！」

駄目だと言われるばかりで、いったいどうして駄目だったのかはよくわかってないけれど、やっちゃ駄目だったことだけはわかった。もうわかったから……。

「貴様もだ！　太常！　いったいどういう教育をしておるのだ！」

　両手を上げて全面降伏するも――それでも怒りが一向に冷める様子はない。それどころか、どうやらまだ言い足りないらしい。青龍はドンドンと足を踏み鳴らしながら、今度は太常に向かって吠える。

「主が予想外の馬鹿だったことはたしかに気の毒だが、馬鹿を馬鹿のままにしておいたのは貴様の落ち度だ！　管理者が聞いて呆れるわ！」

　その暴言に、太常がツンとそっぽを向いて、さらに暴言を吐く。

「申し訳ありません。本当に稀に見る馬鹿ゆえに、少々手こずっておりまして」

……何回馬鹿って言うんだよ。お前ら。

　事実だけど――でもさすがにここまでサンドバッグにされたら、僕も普通に傷つくから。これでへこまないほど、強靭（きょうじん）なメンタルはしてないから。頼むから、もうやめてほしい。

「あの猫もだ！　あれはなんだ！　主があやかしと不用意な取り引きをするのを横で黙って見ているなど、あまりに役立たずではないか！　貴様はお目付け役を選ぶことすらまともにできないのか！」

「……！　ちょっと待ってくれ。朔――仙狸を悪く言うな。僕が勝手にやらかしたことで、あいつが責められるのは違うだろう」

太常が叱責されるのはともかく、朔が役立たず呼ばわりされてしまうのはいただけない。

思わず口を挟むと――しかしその瞬間、青龍が目を剥いて僕を見る。

「たしかに、主がやったことで仙狸を責めるのは違うかもしれませんな！　だが、そもそもアレは、自身の役目をまっとうしていましたか？　馬鹿が馬鹿なことをしでかさないように、そばにいて見張るのがお目付け役の務め！　そんなこともおわかりではないのか！」

あ、ごめんなさい。余計なこと言った。

反論した途端、倍以上の勢いでガミガミ言われて、思わず口を噤んでしまう。

ゴメン。朔。お前の名誉を守ってやりたいけど……これは無理。悪いけど、本当に無理。面倒臭すぎる。

いや、僕が悪いんだよ？　無知ゆえだったとしても、青龍が怒るようなことをしでかした僕が悪いんだ。それは重々承知の上で――それでもこの心をボキボキに折っていくタイプの説教には、『申し訳ない』よりも『面倒臭い』が先に立ってしまう。

もー……わかったって……。しんどいって……。勘弁してくれよ……。

僕は盛大なため息をついて、がっくりとうなだれた。

「……そのとおりです……。馬鹿で申し訳ありません……」

「わたくしからも、伏して謝罪させていただきます。主さまが馬鹿で申し訳ありません」

部屋の外の廊下――簀子縁から、白虎のケタケタと笑う声が聞こえる。本当に楽しそうで何よりだよ！　くそがっ！

「まったく、腹立たしい！」

青龍が、再びドンと床を踏みつける。

「なんの力も持たぬ馬鹿を主などと認める気は毛頭なかったが、馬鹿がこれ以上馬鹿のまま馬鹿丸出しで馬鹿な真似をしでかすのは耐えがたく、許しがたい！　十二天将が戴く主ぞ！　馬鹿のままでは示しがつかぬ！　よいか！　太常！　貴様だけに任せておくことはできぬ！　これからは我にも口を出させてもらおう！」

その高らかな宣言に、間髪容れず太常が渾身の力で舌打ちをする。うわ、すごい舌打ち。どんだけ嫌なんだ。

もちろん、それを青龍が聞き逃すはずはない。

「なんだ！　太常！　その舌打ちは！」

「ああ、申し訳ございません。わたくし、根が素直なものでして」

余計悪いわ。って言うか、誰が素直だって？

「よく言うよ。レントゲンで何も写らないような腹黒のくせして」

「ＭＲＩ検査で、頭蓋骨の中の空洞が露見するような馬鹿よりマシでしょう」

「…………」

――もう、マジでごめんなさい。勘弁(かんべん)してください。

馬鹿馬鹿と言われすぎてへこんでいると、白虎がヘラヘラと笑いながら、御簾(みす)を掻き上げ中へと入ってくる。よっぽど楽しいのだろう。しっかりと筋肉がついた肩は、まだ小刻みに震えている。くっそ！

「なんだ、白虎！　まだ話は終わっておらんぞ！」

「そうは言うけど、青龍よ。その猫、随身所(ずいじんどころ)前に控えさせたままなんだろ？　もう一刻以上経ってるし、そろそろ行ってやらんと、忘れられてると思って帰っちまうかもしれねぇぞ。いいのか？」

「む……」

青龍がピクンと片眉をはね上げる。

「たしかにそうだな。アレはアレで、しっかりと叱責しておかねばならぬ。――主よ」

「は、はい！」

「しばし反省なされよ。太常！　貴様もだ！」

それだけ言って、ドスドスと足音荒く部屋を出てゆく。

その音が遠ざかり、完全に聞こえなくなってから――たまらず僕は床に突っ伏した。

ああ！　しんどかった！

「ははっ！　さすがだなぁ！　主！」

そんな僕の前にドカッと腰を下ろして、白虎が楽しげに手を叩く。

「馬鹿すぎるからという理由で神を動かすなんてな！　いやはや、新しい！」

「……喜んでいいのか？　それ」

とてもそうは思えないけれど。

「いいんじゃねぇの？　どういう理由だろうと、非協力的だった神を引っ張り出したのには変わりがねぇわけだしな。それに、先の主にゃできねぇこった！　ある意味すごいと思うぜ。なぁ？　太常」

「――そうですね。誇ることではありませんが」

太常がピシャリと言う。そうでしょうとも。

もうため息をつくことしかできない僕の頭を、まるで慰めるかのようにポンポンと叩いて、白虎が「まぁまぁ、そうは言うけどな？」と優しく言う。

「アンタは、先の主とは比べものにならねぇ。知識も霊力も、圧倒的に劣っている。もはや比べることが罪なほどだ。だからこそ、アンタは先の主と同じことをしてちゃ駄目なんだよ。それでは神を動かせねぇ。絶対にだ。――そこんとこ、太常はよくわかってんだよ」

大きな手でわしわしと僕の髪を掻き混ぜて、さらに続ける。

「だからこそ、お目付け役の猫には、基本的に『主のすることを止めるな』と命じている。したいようにさせろと。――そうだろ？　太常」

「え……？」

思わず顔だけ持ち上げて、隣を見る。

太常はチラリと僕を一瞥すると、檜扇で口もとを覆ってそっぽを向いた。

「さぁ、どうでしょうね」

え？　否定しないってことは、本当にそうなのか？

僕はのろのろと身を起こして、今までで一番大きなため息をついた。

「なんだよ、それ……。結局、すべてはお前の目論見（もくろみ）どおりってことなのか……？」

「……いいえ。それは違います」

太常が『冗談じゃない』とばかりに顔をしかめて、僕と同じように嘆息する。

「たしかに、わたくしなりの狙いがあって仙狸をつけてはいましたが、よりによって青龍を動かしてしまうとは……。『実直』と言えば聞こえはいいですが、融通のゆの字も知らない面倒臭さだけは超一流の、無骨で無粋な石頭のクソ頑固爺（ジジィ）を……！」

「……めちゃくちゃ言うなぁ。お前……」

それ、青龍に聞かれたら、また思いっきり怒鳴り散らされるんじゃないか？

眉を寄せた僕の前で、白虎がニヤニヤしながら「俺も、青龍と太常が仲良くしてるところなんて見たことねぇわ。かかわりあいたくねぇってのが太常の本音だろ」と言う。マジか。

視線を戻すと、太常は苦虫を噛み潰したような顔をして、小さく頷いた。

「正直、わたくし的には最悪ですね……。ある程度こちらの体制が整うまでは、あの爺には黙って奥に引っ込んでいてほしかったのですが……」

じゃあ、目論見どおりどころか、完全な誤算ってことかよ。

あっけにとられる僕の目の前で、白虎が豪快に笑いながら太常の肩をバンバン叩く。

「ははっ！　本当に、今度の主は目を離すと何をやらかすかわかったもんじゃねぇなぁ！　太常よ！　お前が振り回されてるとか……いやはや面白ぇわ！　最高！」

そのデリカシーが微塵も感じられない行動に、太常が心底うんざりした様子で口を噤む。

僕はあんぐりと口を開けて、その横顔をまじまじと見つめた。

「……お前のそんな顔、はじめて見たわ……。そんなに青龍が苦手なのか……」

「……いいえ、苦手というわけではありませんよ。ただ、大嫌いなだけです」

結局、嫌ってことだろ？　それを苦手って言うんじゃないのか。

っていうか、お前多分、白虎のことも嫌いだよな？　口には出さないけど。

「はー……すげぇ。お前のことも、また一つ知れたわ……」

怖い思いもしたし、青龍にこってり絞られもしたけど、でも取り引きをしてよかったよ。

本当にいろいろと知れたから。店主へのお代には、少し色をつけておくことにしよう。

そう言うと、太常がさらに嫌そうに顔をしかめる。

「だからって、もう二度と、町で軽々しく取り引きなどしないようにお願いしますよ」

「……わかってる。青龍の説教にはすでにうんざりしてるから」

正直、もう二度とくらいたくない。『神やあやかしと軽率に取り引きをしてはならない。施しもしてはならない』――内容的にはそれだけのことなのにクドクドと……二時間以上。

モラハラとパワハラのレベルがＭＡＸの説教とか、もうトラウマ以外のなにものでもない。

そこそこ不憫な人生を歩んできた僕だけど、お前らにかかわるようになってからこっち、トラウマが加速度的に生産されるようになったわ……。マジで可哀想。

それだけじゃない。一瞬、太常の脅迫&虐待のほうがマシだなんて恐ろしい考えを抱いてしまった。……本当に、可哀想がすぎるだろう。僕。

「なぁ、太常。今回の件、お前は理不尽がすぎたし、僕も頑なだった。お互い、相手の話を聞こうとしなかったし、わかってもらう努力を怠った。そうだろ？　ってことで、ここらで歩み寄ろうぜ。痛み分けってことで。これ以上意地を張っても、いいことないだろ？」

正直、もう太常とのバトルを続行する気力も体力もない。きっと、時間もない。

「だから、ちゃんと話し合って、妥協点っていうか折衷案というか……お互いに納得できる落としどころを見つけないか？」

これ以上は、しんどい。穏やかに、和やかに、話し合いで解決したい。

「……いいでしょう。そういたしましょう」

僕の申し出に、仕方ないなとばかりに一つ息をついて、太常が首を縦に振る。おそらく、ヤツもまた、青龍の説教でかなり疲弊（ひへい）してしまっているんだろう。

「では——さっそくわたくしから一つ、ご提案を」

「は……？　提案……？」

「ええ。半刻ほどもすれば、あの石頭は戻ってきます。そうすれば間違いなく、ガミガミがまたはじまるでしょう。あれで終わるとは思えません」

「は⁉　すでに二時間もやったのに？　冗談だろ⁉」

「いいえ。青龍の面倒臭さはこんなものではありません。まだまだ序の口です」

とんでもない言葉に呆然とするも——しかし白虎も「そうだな」と頷く。まるで当然だと言わんばかりに。う、嘘だろ⁉

ゾッとする。これで序の口だと……⁉

「しかしそれでは、腰を据えて話し合うことなどできようはずもございません。ですから、仙狸が叱られている間に、ここを出ましょう」

　太常がにっこり笑顔でとんでもないことを言う。僕と白虎は、思わず絶句。

　マジかよ。しれっとした顔して、とんでもないヤツだな。朔だけに青龍を押しつけるとか、お前の血は何色だ。

「オイオイ……。そんなことしたら、青龍がまた怒るぞ」

「え？　なぜです？」

　さすがに朔を気の毒に思ったのか、白虎が窘めるように言う。

　しかし太常は、意味がわからないとばかりに小首を傾げた。——いけしゃあしゃあとだ。

「あの石頭は『反省なされよ』と言ったのです。求めたのは、きちんと反省することです。ですから、主さまは反省し、わたくしと話し合うことを希望されたのでしょう？　主さまは、青龍の言いつけをきちんと守って行動したのです。いったい何を怒ることがあるのです？」

「……ものは言いようだな……」

　ぬけぬけとまぁ——よくも言ったもんだ。僕は呆れて肩をすくめた。それ、残された朔がどうなるかまで考えてやってないだろ。ひどい上司だな。お前。

「…………」

遠くで、青龍の怒鳴り声が聞こえる。朔もがっつりやられているらしい。

腕を組んで、天井をまっすぐ見つめて、しばし逡巡する。

たしかに、あの説教をこれ以上食らうのは勘弁だな。二時間も、僕はよく頑張ったと思う。

うん。そうだ。耐えに耐えた。――だから、これ以上は無理。

僕は太常に視線を戻すと、大きく頷いた。

「それがいい。そうしよう」

「――！　ひでぇな！　お前ら！」

そうと決まれば！　笑い転げる白虎を残して、太常とともに寝殿を出る。

そして合掌――。僕らは随身所の方角に頭を下げて朔の冥福(めいふく)を祈ると、そのままさっさと逃げ出したのだった。

第二話

恋に焦がれて鳴く夢よりも

1

「あなたという人は……。なんてことをしてくれたんですか」

「……いったいなんのことですか？　太常さん」

トイレのドアを開けて、幽世の屋敷へ入った途端——なんだかひどくうんざりした表情の太常に開口一番そう言われて、僕は思わず眉をひそめた。

「人の顔を見るなり、なんだよ？　それが主を迎える言葉か？」

約束どおり、毎日せっせと来てやってるってのに。やる気を削ぐようなことを言うなよ。

先日の一件——青龍に尋常じゃないほどこってり絞られたあのあとで、僕と太常は三つの取り決めを交わした。

一つ、就職するまでは、毎日必ず屋敷に顔を出し、一刻（二時間）は作業に勤しむこと。

一つ、それを守っているかぎり、太常は僕のプライベートには一切口出しをしないこと。

一つ、僕と太常との間で意見の衝突が起こった際には、双方ともに投げ出さず、逃げず、しっかりと話し合いをすること。

もちろん三つ目は、青龍対策だ。あの一件は、僕と太常がお互いに意地の張り合いをして、話し合いを放棄した結果、起こったことでもあるから。

つまり、とりあえずお互いに、青龍にしゃしゃり出る口実を与えないでおこうってこと。細かいすり合わせも、しっかりとした。たとえば——最低作業時間の一刻には休憩時間を含まない、とか。

青龍の説教だけは本当に二度とゴメンなので、僕はちゃんと毎日こちらに顔を出し、最低二時間は作業を行っている。——今のところ。

一応頑張ってるのに、その態度はないんじゃないのか？

顔をしかめた僕に、太常がなんだか憔悴した様子でそっとため息をつく。

「……昨日、洋酒を使ったケーキを持ち込んで、道具たちに分け与えたでしょう？　なんてことをしてくれたんですか」

あぁん？

ふざけんな。何言ってんだ。僕はギロリと太常をにらみつけた。

「分け与えた？　冗談じゃない！　僕が理由もなく誰かにスイーツを分け与えたりするか！スイーツにかんして言えば、僕は誰よりも意地汚いんだ！　そんなことは絶対にしない！」

「……堂々と胸を張って言うことですか」

太常が、果てしない馬鹿に向ける目で僕を見る。なんと言われようと、馬鹿にされようと、構うものか。ただ、その濡れ衣は許容できない！

「とにかく、分け与えたんじゃない！　目を離した隙に足が生えた文箱みたいなヤツに強奪されたんだ！　しかも、丸々一本だぞ！　僕は一切れだって口にできなかったんだ！」

しかもだ！　ただのブランデーケーキじゃない！　一八七二年創業の有名老舗洋菓子店の銀座本店でのみ手に入れることができる——僕にとってはかなり貴重なものだったんだ！

あの皇帝ナポレオンが愛したとされるクルボアジェ社の薫り高いコニャックを利かせた、まごうことなき逸品！　僕がどれだけ楽しみにしてたと思ってる！

「……なるほど。手癖の悪い道具の仕業というわけですか」

鬼の形相でギリギリと歯がみする僕を見て、太常がそっと息をつく。そう！　おやつにと傍らに置いておいたら、掻っ攫われたんだよ！　あの文箱みたいなヤツは、次に見かけたらただじゃおかない。スイーツの恨みがどれだけ恐ろしいものか、思い知らせてやる！

「それに僕は、神やあやかし相手に取り引きはもちろん、施しも軽率にしてはいけないって、青龍から言われてるんだぞ？　あの説教じゃ駄目なことはわかったけど、なぜ駄目なのかはさっぱりわからなかったから、とにかく僕は『何かを渡す』ことにかんして、めちゃくちゃ慎重にならざるを得ない状況なわけ」

なぜ駄目なのかがわからないから、何かをしようとした時に、それがセーフかアウトかの判断ができない。だから、今のところ僕には、『すべて止める』ことしかできないんだ。

「だから、しないよ。そんなこと。――怖いし」

「ああ、そうでしたか……。では、その件にかんしては、のちほどわたくしから説明させていただきましょう」

「そうしてくれるとありがたいよ」

ホッと息をつくと、太常は小さく肩をすくめて、そのままくるりと踵を返した。

「分け与えたわけではないことはわかりました。しかし、一番の元凶は、やはり持ち込んだ主さまでしょう。この状況を作り出したのは間違いなく主さまであると、青龍にも報告しておきますよ」

「はっ⁉」

最後のとんでもない一言に、ギョッとして目を剥く。

僕は慌てて、立ち去ろうとする太常の袖をひっつかんだ。

「ちょ、ちょ、ちょ……待て！　青龍は駄目だろ！　たたた太常さん！　太常さんって！青龍に言いつけずとも、僕はちゃんと聞きます！　そこは主として！　しっかりと伺わせていただきますから！　青龍はやめろ！　馬鹿！」

「……必死ですか」

必死にもなるわ！　こちとら、青龍の説教だけはどんなことをしてでも回避すべきものと学習してるんだ！　ひどい目にあったからな！　前回！

「さっきも言っただろうが……！　青龍の逆鱗に触れないように、僕はめちゃくちゃ慎重に慎重を期して行動しているって！　いいか？　アレはない！　アレは駄目だ！　お前だってアレは嫌なんだろうが！」

「……ええ、まぁ。アレを好む変態は、この世には存在しないでしょう」

そのとおりだ。いたら、そいつがおかしいんだ。

っていうか、自分が嫌なことは、他人にしてはいけませんって習ったろ⁉

「はいはい。聞かせて聞かせて。受け入れ態勢バッチリだから。な？　何が起こったって？　僕がどんな状況を作り出したって？」

パンパン手を叩いて催促すると――太常が嫌そうに顔をしかめながら、僕へと向き直る。

そして、なんだかひどく面倒臭そうに息をつくと、ゆっくりと口を開いた。

「古来、酒は供物として欠かせぬものでした。『お神酒上がらぬ神はなし』と言われるほど。そもそも、『酒』という名称自体、『栄え』や邪気を『避ける』からきた説があるように、神と酒は縁深いものなのです」

「へぇ？」

「神だけではありません。あやかしもまた酒を好む者がとても多い。理由はさまざまですが、一説には、あやかしは気の赴(おもむ)くまま、自身の欲望に正直に生きる存在のためとされています。だからこそ、酒や色――つまり快楽にはめっぽう弱いのだと。酒好きのあやかしを酔わせて退治する話はいくらでもありますでしょう？」

「そうだな。古事記にもあるもんな」

太常が檜扇をパチンと閉じて、まっすぐに僕を見つめる。

「さて――主さま。この屋敷には、千の道具がおりますね？」

「……！　……あー……」

その意味深な視線で、僕はようやく太常が言わんとしていることを悟った。

「ああ、なるほど……。そういうことか……」

そりゃ、そうだよなぁ。片手で顔を覆って、はぁ～っとため息をつく。

「平安時代末期にこの屋敷に封印されてんだ。そりゃ洋酒なんか知らないよなぁ……」

「――ええ。多くのモノは屋敷から出られませんからね。幽世内を自由に歩けるモノですら、数えるほどしかいません。十二天将の一部など、とくに力の強いモノは現世に出られますが、それも阿部山の中だけの話です」

「阿部山の外に出られるのは、お前と、お前が使ういくつかの道具だけだっけ？」

「そのとおりです」

無類の酒好きたちが、まったく知らない酒を前にして、黙っているわけがない。僕は再度ため息をついた。ああ、完全にそのあたり頭から抜けてたな。

「なるほどね。それで大騒ぎになっちゃったわけだ。……呑ませろって？」

「……ええ。こういうの、なんて言うんでしたっけ？　抗議活動？　デモ行為？」

げ。

「そ、そんな言葉が当てはまるほどの騒ぎになってんのかよ？」

思わず、目の前の寝殿を見つめる。――いつものとおり、静かなもんだけど。

「今静かなのは、みなが息を詰めて、主さまの動向を見守っているからですよ」

「え？　酒を呑ませてくれるかどうかってことか？　いやいや……そういうことは、僕より太常に要求するべきだろうって思うけど？　管理者なんだから」

「もちろん、主さまに直接交渉しようと考えるモノもいるでしょうが、主さまを掻っ攫って、その命を盾にして要求すれば手に入れられるだろうと考えるモノもかなりの数おりますから、そういった意味でも注目されているのだと思いますよ。」

「……なんだそれ。太常が、僕から目を離すのを待っているってことかよ」

ふざけんな。玩具にしたり、人質にしようとしたり、いったい主をなんだと思ってんだ。

「神ってそんなのばっかりかよ……」

「神は基本的に、やりたい放題やるモノだと記憶しておりますが？　まだ日の本の国の神は大人しいほうでしょう。ギリシャ神話など読んでみてはいかがですか？」

そりゃ、最高神が浮気しまくって子種とトラブルの種をどんどこ撒き散らしてゆくよりは大人しいと言えるかもしれないけど、拉致・監禁・脅迫は人の世界では普通に犯罪だから。それを平気でやる神さまってどうなんだ。

「あと……多くの道具は、現世に少し興味を持ったようです。今やあちらには、未知の酒が溢れんばかりにあるらしいと……」

「え？　それはいいことじゃん。美味い酒を生み出してくれる国を守ろうって考えてくれるんじゃないか？」

「神がそんなに単純とお思いで？　こんなお役目からはさっさと逃げ出して、自由になって、現世で浴びるほど酒を呑もうと考えるモノもかなりの数いるかと思いますが」

「……そこは単純にはいかないのかよ」

酒が欲しい。よし、主を人質にして脅そうなんて、直情的に考えるクセにか。どうせなら全部簡単に考えてくれりゃいいのに。

僕はガシガシと頭を掻いて、再び肩をすくめた。

「どちらにしろ、実行されちゃ困る。それぐらいなら、与えるほうがいいだろうなぁ」

「ええ、それでコントロールができるなら、そのほうがよいでしょう」

「そっか。じゃあ――」

「ですから、買いに行きますよ。今から」

さぁと促されて、目を見開く。え？　僕も行くのか？　僕にはお前から申しつけられてるたっぷり二時間分の作業が待ってるんだけど？

もちろん、お前が僕から目を離すのはよくないんだろうけど、でも今回は、『酒を買いに行ったんだぞ。大人しく待ってないと貰えないぞ』って言えば、神も僕で遊んだりはしないだろうし、前に一度遊ばれた時と違って、今は白虎っていう味方もいるし……。

僕は少し考えて、ボディバッグからスマホを取り出した。

「そうだ。これは、大家としての活動時間に入るのか？　外に行く時は、基本入らないって話だったけど？」

入らないなら、作業のほうを進めたい。お前から申しつけられてること、いっぱいあるし。

そう言うと、太常がやれやれと肩をすくめた。

「しっかりしてますね……。ええ。入ります。今回ばかりは。これも大事なことですので」

「じゃあ、行く」

太常がパチンと音を立てて、檜扇を閉じる。

すると――その姿が一瞬にして、僕が最初に見たあの『鴨方(かもがた)さん』に変わった。

「では、仙狸を呼んでください。名を与えたでしょう？　その仮名があれば、呼び出すのは簡単ですから」

「いいけど……。お前がいるのに、お目付け役が必要なのか？」

「は？　では、いったい誰が重たい酒瓶を持つんですか？　一本や二本ではないんですよ？わたくしはごめん被りますが……主さまですか？」

は？　何言ってんだ。

「そんなの朔に決まってんだろ」

「そうでしょう？」

2

フルーツ大国である岡山は、実は古(いにしえ)より続く有名な酒どころでもある。

その歴史は古く、あの万葉集にも『吉備の酒』という言葉が登場するほど。さらに岡山県美作市は『うまさか』――つまり『うまいさけ』からきているという説もあるらしい。

酒作りに大切なのは、美味い水と美味い米、そして高い技術だ。

水はもちろん、岡山を流れる三本の一級河川――吉井川・旭川・高梁川による恩恵だ。

環境庁の名水百選にも選出された『岩井』『塩釜の冷泉』『雄町の冷泉』などに代表される、酒造用水に適した水資源に恵まれている。

米も、岡山三大河川が育んだ、稲作に適した肥沃な岡山平野と、『晴れの国おかやま』と呼ばれるほど恵まれた災害の少ない温暖な気候。九世紀ごろにはすでに、『備前』『備中』『美作』などが、米によって名声を得ている。今日でも岡山を代表する酒米は品質が高く、中でも『雄町』は最高級品種として全国的に知られているのだとか。

技術も、万葉集に詠まれるほど酒造自体の歴史が古く、その優れた技術には定評があり、十七世紀には『備中杜氏』とよばれる集団が、広くその名を馳せていたという。

それだけの、長い歴史に裏打ちされたたしかな土台がある上で――岡山はフルーツ大国だ。

そう――今や酒は穀物から作られるものだけじゃない。特産品のぶどうを使った魅力的なワインはもちろん、岡山を代表するさまざまなフルーツを贅沢に使ったリキュールなども、豊富に造られている。さらには、ビールにウイスキー、焼酎なども。

「どうせなら地のもんを基本にしたほうがいいんじゃないか？」

大きめのリカースーパーに入って、ぐるりと店内を見回す。

地酒コーナーはしっかりとした広さがあり、品数もかなり充実していた。

「平安時代の酒って、基本的に濁り酒……だったよな？　平安時代って、実は酒造がかなり盛んだったって聞いたことがあるんだけど」

隣を見上げると、黒いスーツ姿の鴨方さん――太常は、ズラリと並ぶ酒瓶のラベルに目を走らせながら「そうですね」と頷いた。

「御酒（ごしゅ）、醴酒（れいしゅ）、御井酒（ごいさけ）、三種糟（さんしゅそう）、擣糟（すりそう）、孰酒（じゅくしゅ）など、さまざまな酒が作られておりましたよ。今でいう料理酒――虀酒（あえざけ）なども。そのほとんどが、粘度の高いドロリとした濁り酒ですね。もちろん、例外もございますが。そして基本的に、アルコール度数は低く、甘いです」

「今の日本酒は平安時代のそれとは違うけど……。でも清酒は、お供えする人も多かったんじゃないか？　さほど目新しくはないかな」

「そんなことはないと思いますけどね。基本、酒を喜ばないモノはいないでしょう」

「でも、求められてるのは『未知の酒』じゃないのか？」

あれやこれやと話していると、それまで黙って聞いていた荷物持ちが、「あの～ちょっといいですか？」と片手を上げた。

「マキちゃん、飲み方まで考えてます？」

僕はハッとして、後ろに立つ朔を振り仰いだ。

「ああ、そっか！」

「日本酒は常温で呑めますけど、そうはいかない酒も多いでしょう？　せいぜいロックで、あるいは水を混ぜるぐらいで簡単に呑めるものじゃないとまずくないですか？」

そうだ。それがあった。基本、そのまま呑めるもの——。じゃあ、スピリッツ系は全滅だ。

「焼酎はどうだろう？　割らずに呑まれたら大惨事になりそうな気もしないでもないけど」

「ですね。一旦避けておいたほうがいいんじゃないです？」

「となると、ウイスキーも避けたほうがいいか……」

日本画の美しい桜が印象的なラベルを見ながら、肩をすくめる。

ブランデーケーキが気に入ったのなら、いいんじゃないかと思ったんだけど。

「日本酒をいろいろな種類揃えるのと……ああ、梅酒はどうです？　梅酒も地のものが結構数ありますけど。冷やしさえすれば、そのまま呑めますし……」

「ああ、確かに。梅酒は珍しいかもな」

僕は腕を組んで、上を仰いだ。

「あと、そのまま呑むのが基本って言ったら……ビール？」

「ああ、いいんじゃないです？　ビールはもともと日本のものじゃないですし、その存在を認識されたのは江戸時代初期、本格普及したのは明治時代の話なんで、あそこの神さまには珍しい存在でしょう。まさしく、未知の味かと」

「……なるほど。ありだな」

「でもだからこそ、クラフトビールである必要ってあります？　もったいなくないですか？　中瓶をがっつりケース買いしたほうがいいような気がしますけど」

「もったいないって？　つまり、ビールのビの字も知らない分際で、クラフトビールなんて贅沢だって言いたいのか？」

「はっ⁉　ち、違います！　違いますよ！　そうじゃなくて、ある程度は質より量のものもあったほうがいいんじゃないかなぁって話で！　それだけですから！」

一気に青ざめて必要以上に激しく否定する朔に、青龍（の説教）が残した爪あとは深いと知る。わかるぞ、朔。僕も同じだ。あれはトラウマになるよな。

「でも、たしかにそうだな。あ、地のものにこだわらないなら、雑に呑める安めのテーブルワインを箱買いするのもありだな。じゃあ、そうするか。未知感が強いビールとワインは、量優先で箱買い。少し既知感のある日本酒と梅酒は、地のものメインかつ質優先で」

僕は少し考えて、鴨方さんをしている太常を見上げた。

「何を買うかは、僕が決めたほうがいいんだよな？」

「ええ。お任せします。あまり詳しくないので。どれだけ買うかだけ、こちらで考えます」

そうだな。それがいい。千の道具が呑む量なんて、僕には想像もつかないから。

「じゃあ、とりあえず、日本酒と梅酒は……」

あれとそれとこれと——と僕が示した銘柄を、太常がサラサラとメモに書き留める。

「第一弾としては、これぐらい押さえておけばいいんじゃないかな」

『備前』『備中』『美作』のそれぞれの蔵元の酒を、種類別や味わい別に分類し、その中でも有名どころだったり、人気のものだったりをしっかりと押さえたラインナップだ。

「ビールはともかく、テーブルワインについては、お店の人に訊いたほうが早いと思う」

「そうしましょうか。——すみません」

お店の人を呼んで、気軽に呑める安めのテーブルワインについて相談。

いくつかオススメしてもらった中から二つの銘柄を選んで、さっき選んだ日本酒・梅酒、そしてビールとともに在庫の確認をする。

「できれば、こちらを十本。こちらは……」

太常がメモを見ながら口にする数字を聞いて、朔がどんどん青ざめてゆく。

そして——お店の人が「確認します」と離れた瞬間、太常のスーツの袖を引っ張った。

「や、山道を上がっていくこと考えてます？　旦那……」

「え？　いえ、山道は上がりませんよ。少し先の空き地へ行って、幽世と繋ぎます」

太常が何を言っているんだとばかりに眉を寄せる。

車は軽だし、全部載せたら動かないんじゃないかと――つまり、朔と同じ心配をしていた僕は、ポカンとして太常を見上げた。

「繋ぐって？」

「主さまのトイレと屋敷を繋げたようにですよ。空間を繋ぐんです」

「……！　ああ、そうか」

東京・岡山間を一秒で行き来できる、アレだ。なるほど。それなら大丈夫か。

「ここで車に積み込んで、空き地で下ろす。あとは幽世の屋敷の蔵に繋げますので、そこに運び込むだけですよ。大丈夫です」

「……だけって言わないでください。充分重労働ですよ」

「ええ。わかっていますとも。だから連れてきたわけですから」

太常が「何か問題でも？」と言わんばかりにニッコリと笑う。

朔は絶句して――けれどすぐに、諦めた様子でガックリと肩を落とした。

「……俺、最近不憫じゃないです？」

「これぐらいで不憫だなんて言ったら、主さまに失礼ですよ。この程度、主さまにとっては不憫のうちに入りません」

太常がすこぶる笑顔で言う。僕はそっとため息をついた。

「そのとおりだけど、お前が言うな」

3

空き地のすぐ脇は、木が鬱蒼（うっそう）と茂る小高い丘となっていた。

太常が二本の並び立つ木を選んで、手早く細い縄を渡す。それに、絵馬のような形の札を掛けると、姿勢を正してパンと柏手（かしわで）を打った。

「……！」

手を合わせて祝詞（のりと）のようなものを唱え出した途端、あたりの空気がガラリと変わる。

その神聖な――厳（おごそ）かで侵しがたい雰囲気に、やはり神さまなのだと思う。

最後にパンパンと二度柏手を打ち、腰を折り曲げて深々と頭を下げる。

太常はこちらを振り返ると、すでに疲労困憊（こんぱい）といった様子の朔を見て、にっこりと笑った。

「さ、縄をくぐった先はもう幽世です。蔵の前には青龍がいますから、どんどん運び込んでください」

「……はい……」

「では、主さま。その間、少し歩きましょうか」

「「えっ……!?」」

後部座席のドアを開けようとしていた僕は、驚いて太常を見た。

もちろん声を上げたのは僕だけじゃない。中瓶のビールケースを持ち上げようとしていた朔もだ。

「ちょ、ちょっと……！　ここにいてくれないんですか!?」

「え？　私たちがここにいる必要、ありますか？　応援でもしてほしいんですか？」

「いや……そうじゃなくて……。誰か来たらマズいでしょう？　あの縄をくぐった向こうが幽世に繋がっているということは、現世から見たら、俺は縄をくぐった途端に掻き消えるんですよ？　そんなところ、見られたらどうするんですか」

「それはそうですが、こんなところに誰も来やしませんよ。大丈夫です」

何を言ってるんだとばかりに、太常が眉を寄せる。――いや、そうじゃなくてさ。

僕は呆れて、太常を見上げた。

「微塵も手伝わないつもりかよ。お前……」

「え？　わたくし、そう言いましたけれど。ごめん被りますと」

「言ってたけどさ……」

そこは、がっつり有言実行しなくてもいいところだと思うぞ？

っていうか、この量を目の前にしたら、少しは思おうぜ。これを朔一人に運ばせるのは、さすがに申し訳ないなって。

「それにここ、そんなに辺鄙（へんぴ）なところか？　大きな病院のすぐ裏手なんだから、人が絶対に来ないとは言えないんじゃないか？」

用心するに越したことはないんだし、みなでちゃっちゃと済ませちゃおうぜ。

「心配せずとも、来やしませんよ。病院の裏手と言っても、駐車場は逆方向ですし、市民が憩（いこ）いの場として利用する病院併設の公園からも、大きな幹線道路からも距離がありますし。大丈夫ですから、行きましょう」

しかし、そんな僕の提案は、にっこり笑顔で固辞される。――そうか。そんなに嫌か。

小さく「朔、ゴメンな」と言うと、朔が諦めたようにため息をついた。

「……頑張ります」

「では、見張りは我がしてやろう」

華がふわりと現れ、車の屋根にトンと降り立つ。

「それなら、猫が目撃される危険だけは回避できるであろ？」

「それは、そうだけど……」

「我の本体は持ってゆくのだぞ、ヌシさま。呼べば、猫など放ってすぐに行くからの」

ニコニコしながら、華がその場に悠々と座る。僕は肩をすくめた。

「じゃあ、頼んだ」

「では、そういうことで――まいりましょうか」

太常がフッと目を細めて、踵を返す。そのまま空き地を出て、病院のほうへ。

僕はそのあとについて、ゆっくりと歩き出した。

田植えの準備だろう。水が張られた田んぼが多い。その水面を、アメンボが滑ってゆく。

草木の緑は日に日に濃く鮮やかになり、ほのかな花の香を運ぶ爽やかな風に揺れる。

都会と呼んでいいのか迷うような下町育ちだけれど、それでも僕の生活圏ではもうあまり見ることができなくなった、日本の原風景。

静かでのどかな光景に、心が凪いでゆく。

「主さま。屋敷にいらした時に話した、神やあやかしとの取り引きについてですが」

「……！　ああ」

太常の隣に並んで、その横顔を見上げた。

「仙狸から、神やあやかしの理は、人間のそれよりよほど拘束力が強いという話を聞いたと思いますが、人間にとっては取るに足らずとも、神やあやかしにとっては特別な意味を持つ重きことは数多くございます。たとえば――名」

黒と金のオッドアイが、僕を映す。

「真名の持つ力については聞きましたね？」

「――うん。それは、何度か」

「神やあやかしにとって、『真名』は命を左右するほどの重きもの。同時に『仮名』もまた特別な意味を持っています」

「え……？」

思いがけない言葉に、僕は思わず目を見開いた。

「えっ⁉　か、『仮名』にも⁉　聞いてないぞ！　そんなこと」

強い拘束力があるのは『真名』だけだろ？　だから、気軽に訊いちゃ駄目だし、教えてもいけない。でも、名を教えないと呼ぶ時に困るから、そういう時は『仮名』をつける。僕が聞いているのはそれだけだ。

「華も朔も、特別な意味があるだなんて言ってなかったけど……」

華も『仮名をつけてくれればよい』って軽く言っていたし、朔にいたっては『俺にも一つどうです？　なんでもいいですよ。深く考えず、直感で』なんて雑な要求の仕方をしてた。

それなのに⁉

「――ですが、子狐はちゃんと、主さまを『ヌシさま』と呼んでいます。仙狸も、あなたに付き従っている。それは、わたくしが命じたからではありません。現に、先日――わたくしと主さまの諍い(いさか)の間も、わたくしのもとではなく、主さまの傍にいたでしょう？」

「それは……たしかにそうだけど……。でも、それが関係あるのか？」

「もちろん。神社の御神刀を務められるほど強い神気を持つ子狐が、『ヌシさま』と呼ぶ。あなたが『主』であると。そこに意味がないとでも？」

「……それは……」

「仙狸も同じです。白虎は誤解しておりましたが、仙狸はわたくしの配下ではございません。主さまのお目付け役にかんしても、わたくしは『命じて』はいません。好奇心旺盛(おうせい)なアレに、ひとときだけ、主さまの様子を見ていてほしいと頼んだだけです。子狐を探している女性に引き合わせた際にだけ」

「えっ……⁉」

最初の――あの時だけ⁉

「じゃあ、それ以外は……」

「仙狸自身が、あなたのそばにいたいと。お目付け役を今後も自分にさせてほしいと頼んできたのです。ほかのモノにしないでほしいと」

はじめて聞く話だった。

華はともかく朔にかんしては、太常に言われて僕の傍にいるんだとばかり……。

「だって、そんなこと一言も……」

「そりゃ、『あなたに惚れました』と本人に直接言うのは、気恥ずかしいものでしょう？　もしかして人間は違うのですか？」

「え……？　いや、そこは人間も同じだと思うけど……待て。惚れた……？」

なんのことだ。

眉を寄せた僕を横目で見て、太常は意味ありげな笑みを唇に浮かべる。

「神やあやかしが『仮名』で呼ぶ許しを与える。それは、相手を自身と対等な存在であると認めた証です」

「……つまり、僕は対等な存在と認めてもらえたってことか？」

「おや、主さまは対等な関係の友人を『主』と呼ぶのですか？」

いや、呼ばないけど。

「でも、今……」

「しかし、その場合の『仮名』は、『相手につけてもらったもの』ではありません」

そこまで言って足を止めると、太常は身体ごとこちらに向き直り、「相手に『仮名』から求めるということは、また別の意味を持つのです」とまっすぐ僕を見つめた。

「神やあやかしが『仮名』を『つけてもらう』――。それは、相手を自身の主と認めた証。その『仮名』でもって、自分はあなたのものであると頭を下げるのと同義です」

思わず、言葉を失う。

それこそ、そんなことは一言も言っていなかった。華も。朔も。

「つまり、『仮名』を欲するということは、『自分を傍に置いてくれ』と求めていることにもなるのです」

だからこそ、それは『惚れた』と言っているのと同じことだと――。

「……それ、は……」

「ああ、念のために申し上げておきますが、わたくしは知り合うきっかけを作っただけ。縁(えにし)を結んだのは主さまでございますよ。子狐も仙狸も、わたくしに言われたから主さまの傍にいるわけではありません。それだけは、勘違いしてやらないでくださいませ」

太常が優しく笑って、再び僕を促してゆっくりと歩き出す。

「彼らが、あなたとともに在りたいと望んだのです」

「……っ……！」

胸が苦しいほどに熱くなる。

嘘だろ？　まったく知らなかった。なんだよ？　それ。ずるいじゃないか。そんなの。

そういえば朔に仮名をつけてやった時、たしかにアイツは頬を染めて、嬉しくて嬉しくてたまらないといった様子で笑ったんだった。

僕は友達にあだ名をつけるぐらいの感覚だったから、あやかしの世界ではそれほどまでに嬉しいことなのかと、首を傾げたんだった。

「っ……あいつら……」

言ってくれよ。そういうことは。

ただでさえ、僕はあやかしにかんする知識なんてほとんどないんだから……わかるかよ。わかるもんかよ。あんな軽い調子で言われたら。

『仮名をつけてくれればよい』

『じゃあ、どうです？　俺にも一つ。なんでもいいですよ。深く考えず、直感で』

あれが、僕を主として欲した言葉だったなんて。

これからも、ともに在りたいという告白だったなんて。

「そのように、理が違えば、言葉や行動の持つ意味なども大きく異なります。人にとってはなんでもないことでも、神やあやかしにとっては極めて重要なことだったりもするのです。ですから、知識もないのに神やあやかしと『交渉』をすることは非常に危険です」

顔を真っ赤にしている僕に目を細めて――太常が言葉を続ける。

「書林の店主は、あなたが作った飴を欲しがったと聞きます。仙狸が見るかぎり、主さまが店に来た記念にといった意味合いが強かったそうですが――裏があったとしたら？」

「……裏？」

「なんでもよろしい。安倍晴明の次の主である存在が、自らの手で作りしものを捧げ渡した。それだけで、ほかのあやかしたちの店主を見る目は変わるでしょう。これはまだ、人である主さまにも理解しやすい『裏』ですね」

「……！　それは……」

「たとえば、飴に含まれているかもしれない、主さまの髪の毛、睫毛（まつげ）、皮膚（ひふ）の一部、細胞の欠片となるようなものが欲しかったのかもしれません。理由はさまざまですね。呪うため。殺すため。意のままにするため。化けるため。主さまの姿をした眷属（けんぞく）を作るため。そして、それを使って誰かを害すため」

「っ……！」

取り引きしたのが人なら、「そんな馬鹿な」と言える。「いくらなんでも妄想がすぎる」「そこまで用心するのもどうなんだ」と言える。

でも相手があやかしなら。人の常識が通用しない相手なら、「ありえない」とは言えない。「ありえない」と言えるほど、僕は彼らのことを知らないからだ。

「あるいは、飴を捧げ渡す際に主さまが口にする『言葉』が欲しかったのかもしれません。人間同士での取り引きでさえ、額面どおりのものを要求されているとは限りません。ほかの狙いが裏に潜んでいることなど、さほど珍しいことではないでしょう」

再び太常が足を止め、僕をまっすぐに見据える。

「おわかりですか？　人間には簡単でも、神やあやかしにとってはひどい苦痛や命の危険をともなうことが多くあるように、人間には不可能でも、神やあやかしであれば容易いこともたくさんございます。繰り返しますが、理が違うのです。ゆえに、人間には神やあやかしの真の狙いを見定めることなど、不可能に近いといってもよろしい」

太常がきっぱりと「それは、先の主にも難しいことでございます」と言う。

「安倍晴明にも？」

「ええ。どれだけ知識や能力があろうと難しい。ですから、軽々しくしてはならないのです。御身のためにも」

厳しい光を湛(たた)えた黒と金のオッドアイが、僕を射抜く。

「そして主さまが、神やあやかしから出された条件を呑み、取り引きを成立させてしまった時点で『本来の狙い』をも『正当な報酬』として、相手に与えてしまうことにもなります。それは、御身にも——そして、主さまに従うわたくしたちにも影響を及ぼしかねません」

「は……？」

思わず、目を見開いた。

僕自身は本と飴で支払うという認識しかなかったとしても、『いいよ』と承諾した時点で、店主が本当に欲していたもの——たとえば僕の身体の一部や、発した言葉なんかも含めて、報酬として渡すことを許可した形になってしまうということ——？

「っ……」

ブルリと身を震わせる。

意図していなくても、そうなってしまうなら、たしかにこれほど恐ろしいことはない。

「今回、書林の店主に悪意は一切ありませんでしたが、主さまの気安い行動を見て、我もと取り引きを欲するモノが次々と現れ——あのような騒ぎとなってしまいました」

ざわりと、風が鳴く。

太常が目を細めた。

「あの『一坪』の所有者であり、千の道具の主である主さまの価値は、あなた自身は思いもよらぬほど高いのです。これからも、あなたが持つ『何か』を、そしてあなた自身を欲するモノは大勢現れることでしょう。いいですか？　神やあやかしを簡単に信じてはなりません。神やあやかしとの取り引きは、相手の意図を読み切ることができなければ、命を奪われても仕方がない――。それだけの覚悟を持って行わなくてはならないのです」

「……うん」

「その覚悟がおありでないなら、決して神やあやかしと取り引きなどなさりませんよう」

「……わかった。気をつける」

その視線をまっすぐに受け止めて、きっぱりと首を縦に振ると、太常がホッとしたように息をつき、再びゆっくりと歩き出した。

「そうしてくださいませ。基本的に、主従関係を結んでいるモノに対し、主さまのほうから一方的に何かを捧げ渡すのは大丈夫ですよ。たとえば、子狐に手作りのスイーツを与える。仙狸に購入した酒を渡す、など」

「あ、そうなんだ？」

ホッとする。よかった。それがわかっただけで、前進だ。なんせここ数日は、華と一緒にスイーツを食べるだけでもビクビクしていたから。

「それがわかっただけで、すごく助かったわ……」

「屋敷の道具に対しても、主さまが選んだものを一方的に渡す分には問題ないかと。ただし、コレが欲しい、アレが欲しいなどと、相手から要求された場合には注意が必要です。それは、たとえ主従関係にあるモノ相手でも、避けておいたほうが無難でしょう」

「……なるほど」

「幽世の町に棲むモノや、現世で出逢ったモノ相手には、何かを与えることも、取り引きをすることも望ましくありません。できるかぎり避けてください。どうしてもという場合は、仙狸を間に挟むとよいでしょう」

「間に挟むって……僕は朔としか話さないようにするってことか？」

「そうです。主さまが意向を仙狸に伝え、仙狸がそれに従って相手と取り引きを行うのです。相手の言に対して直答をしないだけで、避けられることはかなりありますから」

「わかった。じゃあ――」

太常を見上げた――その時だった。

視界の隅に、奇妙な形をした黒い影を捉える。

それも――ただの影じゃない。夜の帳（とばり）のような、あまりにも黒々としたそれ。

まるで、先日僕に縋るように手を伸ばした、あの汚泥の泥人形のような――。

「ッ……！」

ドクンと心臓が嫌な音を立てる。同時に、あの時の恐怖が背中を駆け上がる。

僕は素早く視線を巡らせて——息を呑んだ。

二メートルを超す背丈。しかし、肩も胸も腰も、人ではあり得ないほど細い。手足もまた不自然なほどに長く、生物というよりは、たまたま人の形っぽく育った木のようだった。

やけに美しい緋色(ひいろ)の襦袢(じゅばん)を引っ掛け、胴のあたりを色鮮やかな綾紐(あやひも)で括(くく)っている。

肌はもちろん、背丈と同じぐらいある波打つ豊かな髪も、身のすべてが黒かった。

顔の半分ほどもある大きな一つ目も、闇を映すかのような漆黒。

その瞳に映るのは、眠る女性。

ベンチでうたた寝をしている女性に、まさにその指が触れようとしていた。

「ッ！　何してる！　やめろっ！」

何かを考える前に、叫んでいた。

ソレが身体を震わせ、節くれ立った木の枝のような指が、ピタリと止まる。

僕の顔ほどもある目が、ギョロリとこちらに向けられる。

闇そのもののような漆黒に、太常の姿が映った。

その、刹那。

「ヒ、ヒィイイィイイイーッ！」

黒い木のようなバケモノが悲鳴を上げる。ええっ⁉

そのあまりにも予想外の反応に、走り出そうとしていた僕は思わず足を止めてしまった。

え？　待て。悲鳴を上げたいのはこっちだったんだけど？

「あぁあああぁあ！　な、な、なんと！　恐ろしいぃいいぃいいい！」

まるで、強風に翻弄(ほんろう)される木のように、黒いバケモノが大きく身を揺らしながら叫ぶ。

「あぁああ！　あぁあぁあ！　お助け！　お助けぇえぇええっ！」

そして——そのまま、一目散に逃げてゆく。

僕はポカンとしたまま、隣で涼しい顔をしている太常を見上げた。

「……は……？」

4

「……お前、あんな凄(すさ)まじい悲鳴を上げられるような存在(モノ)なわけ？」

「ええ。これでもかなり徳の高い神さまでして」

太常がしれっとした顔で頷く。え？　徳が高いってそういうことじゃないと思うんだけど。人間の中では最高位に近いぐらい徳が高いと思われる、全世界のカトリック教徒の精神的指導者であらせられるローマ教皇のご尊顔を拝見しても、僕は悲鳴を上げて逃げ出したりはしないぞ？　感極まって咽び泣きながら、跪くことはあっても。

「いや、それは今はいいや。あとあと。そんなことより――」

いつの間にか、病院に併設された公園まで歩いてきていたらしい。

噴水を中心とした、シンメトリーな空間にさまざまなトピアリーと季節の花々が咲き誇る煉瓦造りの花壇を配置した――こぢんまりとしていながらもプライベートガーデンのように落ち着きのある洋風庭園。それを囲むように、芝の広場と緑豊かな遊歩道が整備されており、さらにそれらを落葉樹の林が囲んでいる。

その中にある一つのベンチに、その女性は静かに座りこんでいた。

「何か……されたわけじゃないよな？」

「ええ、おそらく。眠っておられるだけのように見えますが」

「起こしたほうがいいかな？　さすがにそこまでするのはおかしいか？」

新緑に彩られた今は、吹き抜ける爽やかな風と暖かな木漏れ日が、とても気持ちがいい。森林浴には絶好の季節だ。

本当に眠っているだけなら、まだ日差しも暖かい時間帯だし、起こすのもどうかと思うし、いきなり見知らぬ二人に起こされるのも。女性からしたら怖いものじゃないだろうか？

「でも、このまま僕らがここを離れたら、アイツが戻ってくるかもしれないしな……」

腕を組んでうーんと考えて、隣に立つ太常を見上げる。

「姿形だけで『悪いモノ』だなんて決めつける気はないけど、でもお前を見て悲鳴を上げて逃げ出したってことは、やっぱり悪さをしようとしてたのかな？」

「どうでしょうね？　わたくしは人間贔屓で知られておりますし、そういうこともあるかもしれませんが、しかしわたくしは本来……」

その時、ベンチで眠る女性が「……ん……」と声を上げ、身動きする。

僕らはハッとして、口を噤んだ。

「……ん……」

女性が身を震わせ、目蓋をゆっくりと持ち上げる。

「……？　あ、れ……？　私……」

フラフラと視線が彷徨う。

太常が小さく息をついて、一歩進み出た。

「お目覚めですか？」

「え……？」

その声に誘われるように、女性が太常を見て――目を丸くする。

「えっ……!?　あ、あれ!?　私……」

「ああ、驚かせてしまいましたね。申し訳ありません。私はこういう者です」

太常がスーツの内ポケットから名刺入れを取り出し、一枚抜き取って女性に差し出す。

――そういえば、『山陽リビングの鴨方さん』の名刺、最初に会った時に僕も貰ったけど、あれ嘘なんだよな？　いいのかよ？　そんなホイホイと渡しちゃって。

「……不動産屋、さん……？」

「雇われの営業マンです。知り合いに、このあたりを案内しているところだったのですが」

そこで言葉を切って、太常が少しホッとしたように息をつく。

「よかった。あまりに無防備に寝ていらしたので、通りすぎることができずにいたのです」

「え……？　それって……」

「……いけませんよ。素敵な公園ですし、気持ちよいのもわかりますが、若い女性が独りで居眠りなどしては。のどかな田舎でも、悪いことを考える者がいないわけじゃありません。実際、あなたによからぬ目を向けていた輩（やから）もおりましたし」

――それ、あのあやかしのことか？

「あ……！　す、すみません……！」

女性が頬を赤く染め、わたわたと立ち上がる。

しかし次の瞬間、その顔からすうっと一気に血の気が引く。

「危ない！」

そのままグラリと傾いだ身体を、間髪容れず太常が支えた。

「大丈夫ですか？　顔色が……」

「……っ……！　すみません！　少し……」

再びベンチに腰掛けさせると、女性が手で口もとを押さえて、ギュッと眉を寄せる。

その顔色は、もはや土気色だった。

「あ、あの、病院のほうにお連れしましょうか？　それとも、誰か呼んできたほうが……」

「あ……！　いいえ……！」

女性が僕を制して、ゆっくりと首を横に振る。

「いいえ。病院には……今行ってきたところなのです。それで……少し疲れてしまって……。大丈夫ですから、お気になさらず……」

「でも、顔色が……」

「ええと……それは、診察していただいたところで変わることはありませんから……」

無言のまま、太常と視線を交わす。抑えた話し方だったけれど、遠慮しているのではなく、病院に行くのも誰かを呼ばれるのも、本当に勘弁してほしいと思っているような感じだった。

僕は少し考え、女性の前に膝をついた。

「少し疲れたから、こちらで休んでいたってことですか？」

「ええ。風も……とても気持ちよかったですし……」

「では、この近くにお住まいなのですか？」

太常が、横から口を挟む。

「え……？」

「ああ、これは失礼を。駐車場はこちらではありませんし、バス通りも方向が違いますから。ご不快を与えてしまいましたか？」

「あ、いえ……」

申し訳ありませんと頭を下げた太常に、女性が少し慌てた様子で首を横に振る。

「そのとおりで、少し驚いただけです。家は、あちらの――煉瓦タイルのマンションです」

女性が、公園の木々の向こうに見えるマンションを指差す。

「ゆっくり歩いても五分でたどり着く場所です。ですから、お医者さまの手を煩(わずら)わせるより、帰って休んだほうが早いんですよ」

「……そうでしたか」

僕は息をついた。ゆっくり歩いても五分で家に着くのにここで休憩していたってことは、その『ゆっくり五分歩くこと』がしんどくてできなかったってことだろう。

僕は少し考え、再びまっすぐ女性を見つめた。

「じゃあよろしければ、マンションの前まで僕らにエスコートさせていただけませんか？　そのほうが、僕らも安心です」

「え……？　でも……」

女性が表情を曇らせる。

その困った様子に、僕は慌てて顔の前で両手を振った。

「もちろん、無理強いをする気はありません。僕らだって、今しがた会ったばかりなので、あなたからしたら充分得体のしれない輩だと思いますし……。ただ、本当に顔色が悪いので、僕らがこのまま立ち去るのははばかられるってだけで……」

「でも、ご迷惑になっちゃいますし……」

「え？　いや、それはないです。僕らにとっては、むしろご褒美です。——澄み渡る青空。爽やかな風。ぽかぽか陽気の春の日に、鮮やかな花が咲く綺麗な公園を、綺麗なお姉さんとお散歩できるんですから」

ニコッと笑うと、女性が目を丸くして——思わずといった様子でクスッと笑った。

「ふふ。お世辞でも嬉しいです」

「え？　本心ですけど」

これがご褒美じゃない男がいたら、それはそいつがおかしいんだ。

「……ありがとうございます。じゃあ、お願いしようかな」

女性が微笑む。その笑顔はとても柔らかくて——とりあえず僕らを迷惑がっている感じは見られなくて、ホッとする。

「立てそうでしたら、仰ってください。手を貸します」

「あ、でも僕らは急ぎませんから、ゆっくりでいいですよ」

「ええと、もう大丈夫だと思います。さっきは、急に立ち上がったから……」

「そうですか？　では——」

太常が手を差し出す。女性はほんのり頬を赤らめて、自分の手を重ねた。

「大丈夫ですか？」

「はい……」

女性がゆっくりと立ち上がる。——本人の言ったとおり、もう倒れる心配はなさそうだ。

さっきと比べたら、足もとはかなりしっかりしている。

「……美形は得だよな」

僕も立ち上がって――女性の身体をしっかりと支える腕を見て、小さく肩をすくめた。

「僕がその役、やりたかった」

「顔の良し悪しはもちろんですが、吉祥さんにはもっと足りないものがあるのでは？」

は？　もっと足りないもの？

「なんだよ？　それ」

「背丈です」

「ぐっ……」

「女性をスマートにエスコートするためには、あと五センチはほしいですね」

「…………」

このやろう。気にしてることを。

ぶすくれていると、女性がクスクスと笑う。

太常がその様子を見て、優しく目を細めた。

「大丈夫そうですね。では、参りましょうか」

「はい……」

「ゆっくりで大丈夫ですからね」

女性とともに、新緑の中をゆっくりと歩き出す。

「…………」

僕は、チラリと肩越しに背後を一瞥した。

少し離れた木の陰から、あの黒いバケモノがじっとこちらを見つめていた。


本当にゆっくり歩いて、五分。公園を抜けたところに、そのマンションはあった。

こちらに頭を下げ、エントランスへ入ってゆく女性を、笑顔で手を振って見送る。

「――おい」

女性の姿がエレベーターの中に吸い込まれてゆく。

僕は肩をすくめて、背後を振り返った。

「なんなんだよ。あの女性に用があるのか？」

僕の言葉に、あの黒いバケモノが木の陰からおずおずと顔を覗かせた。

「それとも、用があるのは僕か？」

「……それは……」

黒いバケモノが口ごもる。一つしかない大きな目は、しきりに太常を気にしている。お前、
そんなに太常が怖いなら、なんでついてきたんだ。

「……大丈夫だ。怯えるな。たしかに太常は血も涙もない最低の鬼畜ドSだけど、むやみに噛みついたりはしない」

「……フォローになっていませんが」

太常が眉をひそめる。当然だ。フォローしたつもりはないからな。事実を言ったまでだ。

「……阿部のあたりの主どのとお見受けする」

黒いバケモノがおそるおそるといった様子で近づいてきて、僕に頭を下げる。

「そうだ。僕が一応、あの屋敷の次の主だ。何か用か？」

「……申し遅れました。わたしは、夢渡というあやかしにございます」

「夢渡？」

太常を見ると、むっつりしつつも、すぐさま説明してくれる。

「その名のとおり、夢を渡るあやかしです。さまざまなモノの夢を渡り歩いて、気に入った夢があれば、それを収集します。それで商売をしているモノもいますね。吉夢・悪夢問わず、希少価値のある夢を売買するのです」

「へぇ、そうなのか」

「基本的に、夢の中で活動しているモノですから、現世で出逢うことはほとんどありません。私ですらはじめてですね」

「え。そんなに珍しいんだ」

黒いバケモノ——夢渡にあらためて向き直って、僕は首を傾げた。

「それで？　僕に何か用か？　夢渡」

「これを、あの女性に」

黒い手が差し出したのは、ころんと丸っこい形をした巾着袋だった。大きさは、手の平にちょうど乗るぐらい。薄紅に和の花々が咲き誇る——まるで京友禅（きょうゆうぜん）のような華やかな袋で、青紫の組紐で口を結んである。大きめの匂い袋のような感じだった。

「……これは？」

「夢袋にございます。その名のとおり、夢が詰まった袋です。夢渡が作るものです」

「ああ、気に入った夢を収集するって……夢を袋に詰めて夢袋を作るってことなのか」

綺麗だな。一つ欲しいぐらいだ。

「さようにございます」

夢渡は頷くと、僕の前に夢袋を差し出したまま深々と頭を下げた。

「これは——あの女性のものです。あのベンチに、忘れてありました。阿部のあたりの主。これを、どうか彼女にお渡しください」

「は……？」

そんなはずはないと言おうとして——口を噤む。

たしかに僕は、ベンチを離れる際、忘れものがないかの確認を怠っていた。忘れものなどなかったと断言できる記憶が、僕の中にない。

だけど——。

「これがあの女性のものだって？　嘘を言うなよ。夢渡が作った夢袋なんて、普通の人間が手にできるものじゃないだろう」

ピシャリと言うと、夢渡が弾かれたように顔を上げる。

「ええ。阿部のあたりの主。あなたを謀（たばか）るつもりはない。これは、もとはといえばわたしが作ったもの。わたしの、いっとうお気に入りの夢が詰め込まれたものです」

「それが、どうしてあの女性のものだと？」

「一ヶ月ほど前のことです。夢から夢へと渡る途中、あろうことかわたしはこれを落としてしまったのです。ちょうど、彼女の夢からほかの者の夢に移動する際にです」

夢渡が大きな目をパチパチと瞬き、首を傾けてうなだれる。

「その時も、彼女は先ほどのベンチでうたた寝をしておりました。そして起きた時、傍らにこの夢袋を見つけ、そのまま持ち帰ってしまったのです」

「……それで？」

「取り戻さねばと思い、その夜、わたしは彼女の夢へと足を運びました。ですが……」

ぐっと、夢渡が言葉を呑み込む。

人間とは大きくかけ離れた姿なだけに、その表情は読めない。

だけど——ひどくつらそうに見えたのは、気のせいだろうか？

「夢渡？」

話の先を促そうとした——その時。

ハッと身を震わせた太常が、夢渡の手から夢袋を取り上げる。

「……！　おい？」

その突然の行動に驚き、何をしてるんだと言おうとしたものの——しかしそれよりも早く、視界の隅でエレベーターのドアが開く。

自動ドアの向こう——。現れたのは、あの女性だった。

目を丸くすると同時に、女性がバタバタと駆け出てくる。さっきまで、歩くのもやっとな感じだったのに。

「ど……」

どうしたんですかと言おうとした僕を、太常が制す。

そして、「走らないでください」と言って、女性に両手を差し出した。

「あ……！　ああ、さっきの……！　か、鴨方さん……！　わ、私……！」

「あのベンチに、忘れものをされたのでしょう？」

ひどく慌てた様子の女性を支えて、太常が言う。

「……！　そ、そうです！　私……！　いえ、どうして……！」

「もちろん、彼とあのベンチに戻った際に、見つけたからです」

太常がそう言って、夢袋を差し出す。

「ッ……！　ああ！　これです！　よかった……！」

瞬間、喜びのあまり、その顔が今にも泣き出しそうに歪む。

女性は両手で夢袋を包み込み、しっかりと胸に押し抱いた。

その手は――はっきりと震えていた。

「ああ、よかった……！　よかった……！」

「もしやと思って、急いで戻ってきたのですが……正解でしたね。よかったです」

「ああ、ありがとうございます！　ありがとうございます！　大事なものなんです！」

女性が震えながら、深い安堵の息をつく。

「本当に、大事なものなんです……！　失くしてしまったら、どうしようかと……！　ああ、よかった……！」

心の底から、「よかった……」と繰り返す。

その様子から、夢袋が女性のものであることは、明白だった。

でも――どうして。

「あ、あの、お礼をさせていただきたいのですが……。お茶ぐらいしか出せませんけれど、よろしければ……」

女性がハッと身を震わせて、太常を見上げる。

「お時間がよろしければ、寄っていってください」

「……ちょうど、彼ともお茶を飲みたいと話していたところですが……」

「……！　でしたら……」

太常がじっと女性を見つめて、首を傾げる。

「今、ほかにも誰かご在宅でいらっしゃいますか？」

「え……？」

「さすがに、男二人ですから。女性一人の家に上がり込むわけにはまいりませんので」

「あ……」

女性がパッと頬を赤らめ、首を縦に振る。

「大丈夫です。母と兄がおります」

「そうですか」

太常が安堵したように微笑んで、僕を見る。

「どうしますか？」

僕はチラリと夢渡を見て、大きく頷いた。

「もちろん、お言葉に甘えさせていただきます」

5

十五畳ほどあるだろうか？　天然木の良さを生かしたナチュラルなリビングダイニング。木目の美しい家具と、春の青空の色と白で統一されたファブリック類。家電製品も冷たい印象にならないように工夫がされている。なんとも優しく、温かな印象だ。

「すっかりお世話になってしまったようで……」

女性は、柏木詩織（かしわぎしおり）と名乗った。二十八歳だそうだ。

詩織さんのお母さんが、ダイニングテーブルに紅茶とお茶受けを並べてくれる。

「ワッフルだ……！」

どらやきをもとに着想を得たという――岡山ではおそらく知らない人はいないワッフル。午前中に売り切れることも多いという人気のスイーツに、心が躍ってしまう。

「あら、甘いものはお好きですか？」

「大好きです！」

詩織さんの隣に座った彼女のお母さんに、笑顔で元気よく答える。

「まぁ、それならよかったです。まだありますので、よろしかったら……」

「いえ、変態の域に達するほどの甘いもの好きでして、これ以上は与えないでください」

太常のため息に、詩織さんとお母さんがくすくす笑う。

僕はいただきますと手を合わせてワッフルを手にとって――ふとテーブルの上に置かれた夢袋に目を向けた。

「あの、これってなんですか？　匂い袋みたいですけど……でも匂いはしませんよね？」

「……不躾(ぶしつけ)ですよ。吉祥さん」

「いや、でも気にならない？　綺麗(きれい)なだけにさ。それに、すごく大事そうだし……」

そこで言葉を切り、向かいに座る詩織さんに「すみません。秘密なら、いいんですけど。でも、ちょっと気になっちゃって……」と頭を下げる。

詩織さんはクスッと笑うと、ゆっくりと首を横に振った。

「私も、わからないんです」

「……え……？」

その返答に、本気でポカンとしてしまう。えっ⁉ これが何かはわかってないんだ⁉

「実は、拾ったものなんです。一ヶ月ほど前に……今日の、あのベンチで」

その言葉に、チラリと隣を見る。ただし、太常とは反対側の。

僕と太常以外の者の目には映らないけれど、そこにはひっそりと夢渡が立っている。

「あのベンチで？」

「ええ。誰かが落としたものだと思うんです。うたた寝から目覚めたら、足もとにあって」

「……！　よく、あそこでうたた寝を？」

太常が綺麗な眉を寄せる。詩織さんが慌てて、首を横に振った。

「す、すごく疲れてしまった時だけです。いつもしているわけでは……」

「気をつけてくださいね。本当に」

「はい……。ええと……それで……綺麗なものですし、持ち主はきっと困ってらっしゃると思ったんです。だから、一旦持ち帰りました。翌日も病院に行く予定でしたから、その時に落としものとして病院に届けようと……。でも……」

詩織さんは「笑わないでくださいね？」と言って、少し恥ずかしげに微笑んだ。

「その夜、とても美しい夢を見たんです。もう言葉にできないほど……それこそ夢のように綺麗な景色を……」

夢を思い出してか、詩織さんがうっとりと目を細める。

「あれを天国だと言われたら、信じてしまいそうなほど、美しかった……」

「……そんなに……」

「ええ。起きてからも、ずっと夢心地で……。そのせいでしょうね。これを持っていくのをすっかり忘れてしまったんです」

詩織さんが、再び恥ずかしそうに笑う。

「一応、病院の受付には話をしたんですけど、病院内の落としものや忘れものならともかく、公園のそれは預かれないと言われてしまって……。それで、母と張り紙を作って、病院内の掲示板に貼ってもらいました。写真と、心当たりの方は連絡くださいの文言とともに、私の携帯番号を載せて」

「……！　それで、連絡は……」

「ありません。だから厳密には、これは私のものではないんです。私は、お預かりしているだけです」

「…………」

「だけど、その日から、毎晩毎晩……本当に美しい夢が見られるんです。この一ヶ月ほど、毎日です。本当に、言葉にできないほど、美しくて……」

詩織さんが「語彙力(ごいりょく)がないもので……」と言って、夢袋に視線を落とした。

「夢は、深層心理の表れだとか、自分の置かれた状況が如実に反映されるだとか、いろいろ言われていますが……だとしたら、あの夢はなんなんでしょうね……？　もちろん、実際に見たことなんてありません。想像することもできないんじゃないかって思います。それほど、美しいんです……」

その目が、ふと暗く翳る。

「本来の夢は、やっぱり深層心理や、自分の状態や状況が反映されるものなんだと思います。だって私、それまでは、悪夢ばかり見ていましたから」

詩織さんが苦しげに顔を歪めて、そっと胸に手を当てた。

「壊れてしまった心臓と、なぜこんな苦しい思いまでして生きなくてはいけないのかという、もう生きることに疲れてしまった膿んだ心にふさわしい、絶望に満ちた悪夢ばかりを……」

「……詩織さん……」

「だから、私が作り出した夢じゃないと思うんです……。笑われてしまうかもしれませんが、これがもたらしてくれたものとしか、思えなくて……」

詩織さんが顔を上げて、熱心に言う。

「不思議なことはまだあって……。実は、その美しい夢でだけ会える人がいて……」

その言葉に、僕の隣でピクリと夢渡が身を震わせた。

「姿ははっきりとは見えないんですけど……でも影のような手が、いつも綺麗な花を一輪、差し出してくれるんです。夢の中のできごとなのに、起きると……その花が実際に枕もとにあるんです」

「……！　それは……」

「普通の花もありますけど、今の季節は咲いていない花や特定のある地域にしか咲かない花。どれだけ調べても、名前すらわからない花も……。これも一ヶ月間、ずっとです……」

そう興奮気味に言って――ハッとした様子で口を噤む。

詩織さんはおどおどと視線を揺らすと、そのまま俯いた。

「あ……す、すみません……。こんな話を……。信じてもらえないのは、わかってます……。作り話のように聞こえるでしょうけど……」

「いいえ」

僕は首を横に振った。

詩織さんにとっては意外な反応だったのか――弾かれたように顔を上げ、目を丸くする。

「っ……。気味が悪いと思いませんか？」

「いいえ。まったく」

それも、きっぱりと否定する。

そんなこと、思うわけがない。

だって僕は、それが真実であることを知っている。

「っ……！　私……！　はじめて、明日を楽しみに思えるんです……！」

詩織さんが、今にも泣き出しそうに顔を歪めて——下を向く。

その胸に、夢袋を抱き締めて。

「本当の持ち主から連絡が来たら、ちゃんとお返しするつもりです……。でも、今は……。

連絡が来ないうちは……ずっと傍に置いておきたいんです……。私……」

白い腕が、細かく震えている。

どれだけ大切に思っているか——それだけでわかる。

「持ち主が現れたら、お礼を言いたいです。これのおかげで、私の世界に光が満ちました。

人生が鮮やかな花に彩られた。はじめてのことです……！」

「……きっと、持ち主も喜ぶでしょうね」

僕は詩織さんを見つめたまま、にっこりと笑った。

「誰かに光を与えられるなんて、そんなに嬉しいことはないと思います」

「っ……！」

詩織さんがくしゃりと顔を歪めて、溢れた涙を隠すかのように、勢いよく頭を下げた。

「ありがとう……！　そう言ってくれて。私のことを心配してくれているとわかっていても、兄は……これをとても気味悪がって、隙あらば私から取り上げようとするんです……」

お母さんも、「お祓い（はら）をさせようともしたわね」と苦笑する。

ああ、それでわかった。なぜ、そんな大切なものを外に持ち出したのか。今、お兄さんが家にいるからだ。留守の間に捨てられてしまわないように。

「母と父は信じてくれたし、私がこれを持っていることを否定しないでいてくれるんですけど……。兄だけは……」

「……理解を超えた『不思議』が怖くないわけじゃないけど、詩織が元気でいることよりも重要なことなんてないもの」

お母さんが、優しく微笑む。

その言葉に、太常はティーカップをソーサーに戻しながら、目を細めた。

「そのとおりですね。一番優先されるべきものは何か」

「そう。ただそれだけの話なのよね」

お母さんが、「いつかわかってくれるわよ」と詩織さんの肩を叩く。

詩織さんは「うん。信じてる……」と頷いて――それから僕らを見て、再び頭を下げた。

「ありがとうございます……！　見つけてくれて。届けてくれて。こんな話を信じてくれて。本当に、本当に、ありがとう……！」

「こちらこそ、素敵な話をありがとうございました。聞けてよかったです」

太常とともに、お礼を言う。

僕の隣で、詩織さんに光を与えた黒きモノも、身を震わせながら深々と頭(こうべ)を垂れた。

6

「ごめんな？　襲おうとしてたなんて勘違いして」

柏木家からおいとまして、公園内の林に戻って――夢渡に謝る。

柏木家を出てからなんだかずっとぼんやりしていた夢渡は、ハッと身を震わせると、首を横に振った。

「いや、勘違いではございません。私は襲おうとしておりました」

「はっ⁉」

お、襲おうとしてたぁ⁉　僕はギョッとして目を丸くした。

「少なくとも彼女にとっては、そういうことになるのだと思います」

「ど、どういうことだ？」

夢渡は少し考え、大きな一つ目を僕に向けた。

「……わたしは、夢を渡って彼女のもとに通いました。夢袋を取り戻すために」

「ああ、そう言ってたな」

詩織さんも、ちゃんと『夢に来る誰か』の話をしていた。

いつも花をくれる『影のような手』――その正体は、夢渡だ。

「夢の中で、彼女は笑っていました。美しい景色に、その目をキラキラと輝かせて。本当に幸せそうでした」

「うん。わかるよ。夢の話をしている間中、詩織さん、ずっと幸せそうだったもんな」

「ええ。だからわたしは、彼女から夢袋を取り上げることができなかったのです。それでもあれは、いっとう大事な夢袋。どうしても諦め切れず、毎晩通いました」

「……毎晩、取り上げることができなかったんだな？」

クスッと笑うと、夢渡が身を小さくして頷く。

「彼女が、あまりにも幸せそうで……」

「優しいんだな」

「……どうでしょうか。とにかく、彼女はいつも笑っていました。楽しそうに。嬉しそうに。幸せそうに。わたしまで幸せを感じてしまうほど、それはそれは……美しい笑顔でした」

うっとりとそう言って――けれどすぐに、悲しげに目を細める。

「しかし、昼間の彼女は、ツラいとしか言わぬのです。消えたいとしか……言わぬのです。声を殺して泣いてばかりいるのです。だから、わたしは……！」

夢渡は、まるで木の枝のような黒い十本の指で顔を覆った。

「彼女を、あやかしの世界に連れていこうと……！」

「……！」

なんだって……？

その思いがけない言葉に、思わず太常と顔を見合わせる。

「一年中、色とりどりの花が咲き続ける園を知っている。美味い酒が湧く泉を知っている。どこまでも澄み渡る広い湖も。人間の世界では見ることは叶わない……降るような星空も。そこならば……！」

夢渡が、崩れ落ちるようにその場に膝をついた。

「彼女は、笑って暮らせるのではないかと……！」

細い肩をブルブルと震わせながら、叫ぶ。

「彼女を、助けてやれるのではないかと……！」

「……夢渡……」

「でも、笑っていました……！」

小さく呟いて、夢渡が顔を上げる。

「今日は、笑っていました……！　あの夢袋で、彼女の世界は変わったのだと……！」

その声が、不自然に震える。

と同時に、大きな一つ目から、大粒の涙が零れ落ちた。

「ああ、阿部のあたりの主どの。心から、お礼申し上げる。おかげで、わたしは間違わずに済みました……」

ボロボロと涙を零しながら、地面に頭を擦（こす）りつける。

「人は人の世にいてこそ。もう少しで、わたしは彼女を不幸にしてしまうところでした」

「……夢渡……」

「そして、あなたさまのおかげで、嬉しいことも知れました……！」

涙で汚れた顔を上げ、夢渡が感極まった様子で身を震わせる。

「こんな醜いバケモノのわたしでも、彼女を助けることができていたのですね……！」

「うん……！」

僕は大きく頷いて、夢渡を抱き締めた。

「また花を届けてやってくれよ。詩織さんも待ってるから」

それが、彼女の生きる勇気となるから。

そしてそれが、彼女の生を美しく彩るから。

「っ……！　ああ、素晴らしい……！」

夢渡が僕の背に手を回して、さらに大きく身を震わせる。

「こんな嬉しいことがあろうか……！」

「うん。うん」

「ああ、夢のような話だ……！　阿部のあたりの主。あなたのおかげだ……！」

言葉になったのは、そこまでだった。

そのまま、僕にしがみついておんおんと泣く。

僕は何も言わず、ただその枯れ木のような肩を抱いていた。

結構な時間そうしていたけれど――珍しく太常は何も言わなかった。

新緑が鮮やかな木に身を預け、ゆっくりと流れてゆく雲を、静かに眺めていた。

「さぁ、帰るか」

夢へ帰る夢渡を見送って——僕は太常を見上げた。

「……青龍が怒り狂ってそうだけど」

ずいぶんと時間を食っちゃったからな。

「……そうですね」

太常がため息をついて——ふと、太陽を見上げる。

「光……ですか……」

「ん？」

「夢袋が詩織さんに光を与えたように、彼女の言葉もまた、夢渡に光を与えたのですね……。

それはなんとも……」

太常が眩しげに目を細めて、微笑む。

「美しい話です」

「……そうだな」

僕もまた、空を仰いで思う。

そんな——人とあやかしの関係もあるんだな。

「本当に、素晴らしいよ……」

僕も、なれるだろうか？
誰かに光を与える存在に。

僕の傍にいたいと望んでくれた、華や朔に。
僕を主として認めてくれた、太常に。
光を与えられるだろうか？

どこまでも青く澄んだ空を見つめて——思う。

ああ、それはたしかに、美しい夢のような話だ。

第四話 梅に櫻に柳に紅葉

1

「神を縛るか！　人ごときが！」

すべての希望が凍てつき、光に見捨てられてしまったかのような闇夜。

空を切り裂く霹靂（へきれき）のごとき叫びがあった。

「神を上（かみ）とし、祀り、崇（あが）めることで、人は神を使うのだ！　己の都合のよいように！」

男の心を占めていたのは、苛烈（かれつ）な怒りだった。

あとは、わずかな悲しみと――失望。

「神は道具か！　それとも奴婢（ぬひ）か！」

血よりも濃く、しかし狂おしいほど鮮やかな赫（あか）い双眸が燃え上がる。

己をも焼き滅ぼさんばかりの、紅蓮（ぐれん）の炎。

「許さぬ！　許さぬぞ！　死してなお我らを鎖で繋ぐなど！　意のままにするなど！」

だが、男の叫びは、怒りは届かない。

すべてが――閉ざされる。

残酷に。

無慈悲に。

ただ、人のためだけに。

「おのれっ……！」

心を寄せた分だけ、失望する。

失望が深い分だけ、慟哭(どうこく)は激しく。

それまでの関係が、傾けた情が、どす黒いものへと変貌してゆく。

黒に黒を塗りたくったような——闇よりも深い憎悪へと。

「おのれっ！」

怨嗟(えんさ)は降り積もる。

男の絶叫が、大気を揺るがした。

「驕(おご)りし人よ！　必ず報いを受けさせてやるぞ！」


目に映るのは、黒に黒を塗りたくったような深い闇——。

ただ、それだけだった。

一瞬、目が見えなくなってしまったのかと思うほど、黒以外の何も映らなかった。

目の前で手を振っても、何かが動いている気がするだけ。

「……？　華……？」

僕の呟きに、応える声はない。

聞こえるのも、自身の息遣いだけだ。ほかにはなんの物音もしない。

「……？」

ここはどこだ？

自宅でないことはたしかだ。僕の家の前には街灯がある。玄関のすぐ横――台所の窓には
カーテンなどかかっていない。だから夜でも、そこから眩しいぐらいの光が差し込んでいる。

こんな完全な暗闇など――ありえない。

いつもならうるさいぐらいの冷蔵庫の音も、時計の秒針が時を刻む音も聞こえない。

足の裏に触れるのも、畳でもフローリングでもない。

ここは現世なのだろうか。それとも、幽世なのだろうか。

いや――そもそも、夢なのか現（うつつ）なのかすら、はっきりしない。

「華！」

大きな声で呼んでみるも、やはり応える声はない。

「……！　おい……？」

眉を寄せ、さらに声を張り上げる。今度は「あぁぁあーっ！」と。

しかしその声は、闇に吸い込まれてゆくばかり。

「……嘘だろ？　まったく反響しないんだけど……」

ここは、室内ではないのだろうか？　しかし、野外でここまで完璧な暗闇などあり得るのだろうか？

「じゃあ、ここは現世ではない……？」

いや、そもそも夢なのだろうか？

僕は今、部屋で寝ている――？

「………」

ゆっくりと手を伸ばして慎重に周りを探るも、何も手に触れない。

動くのは危険だろうか？　しかし、ここでじっとしているのが安全という保証もない。

「……っ……」

ゾクリと、背中が戦慄く。

僕は自身を掻き抱き、視線を巡らせた。

「華！」

ここに華はいない。応えてくれはしない。

わかっていても、呼ばずにはいられなかった。

「朔！」

闇しかない――闇だけの世界。

自身すら見えず、自身が発する音以外は聞こえず、自身以外に触れられるものはない。

それは、なんという孤独だろうか。

「っ……！　太常！」

恐怖が震えとなって、足元からたちのぼってくる。

応えてほしかった。

僕は独りではないのだと、示してほしかった。

誰かに――。

「太……！」

『――太常』

不意に、闇が応える。

僕はビクッと背中を弾かせ、振り返った。

同時に、黒一色の空間に音が溢れる。

木々のざわめき、馬の嘶き、様々な不可解な物音。そして——たくさんの人の話し声。

音の種類が違うというか——信号の電子音や車の走行音などはまったく聞こえないけれど、しかしまるで渋谷のスクランブル交差点のど真ん中に放り出されたかのようだと思った。

それほどの雑踏でなければ説明がつかないほどの、音の洪水。

だがもちろん、人の気配がするわけではない。

相変わらず目は何も映さず、手にも身体にも何も触れない。

『太常——。貴様は妙なことばかり言う』

音が声に、そして声が声に重なって、ほとんどは理解できない。

それでもなんとか判別できる言葉を、耳が拾う。

『人とともに在ろうなどと——俺にはわからん』

僕はふと両耳の後ろに手を添え、上を仰いだ。

誰の声だ——？

『おかしなやつ。貴様の名が俺の耳を汚すことを許そう』

同じ声だ。先ほどよりは、いくぶんか柔らかい。不遜な言い回しはそのままだったけれど。

『さぁ、名乗るがいい』

その声に、また応える声がある。

ただこちらは、様々な音にまぎれて言葉まで聞き取ることができなかった。

『そうか。お前が晴明なる者か』

「……！」

しかし、不敵な声が会話の相手を教えてくれる。僕は思わず目を見開き、視線を巡らせた。

これは、誰かと安倍晴明の会話――？

『フン……。しばらくの退屈しのぎにはなりそうだな』

どこか嬉しそうな声。

それを最後に、風の音が強くなる。

――不思議だった。

風の音はこれでもかというほど耳につくのに、身体はそれをまったく感じない。

空気の流れはここにはなく、髪の一筋さえ揺れない。

『彼は、生きることにすらも飽(あ)くのです』

「……！　太常……」

風の音が少しだけ緩む。次に耳が拾った声は、とても聞き慣れたそれだった。

『あなたに、彼が御(ぎょ)せましょうか――』

気遣うような、それでいて少し挑発するかのような――ひどく気安い言い回し。そして、愛しさが現れているような、柔らかな声音だった。

『――よい。わかった。みなまで言うな』

再び風が唸りを上げたあと、再びあの声がする。

『晴明よ。貴様のためならば』

僕は眉を寄せ、視線を巡らせた。

なんだろう？　これは。

ああ、そうだ――昭和初期のダイヤル式のテレビ。あれのイメージだ。

もちろん、古い長屋暮らしで天火オーブンを扱う僕ですら、実物を拝んだことはない。

昭和初期の生活を描いたドラマや映画などの中でしかお目にかかったことがないけれど、それでもあれだと思う。それが何十台、何百台と周りにある感じだ。

そしてそれぞれ、誰かがダイヤルを好き勝手にガチャガチャさせてザッピングしている。

『人とは儚きものだな。――つまらん』

砂嵐を挟んで、チャンネルが合うと、音が流れ出す。それぞれのテレビが。

だからこそ、まず理解できる言葉を拾うのも一苦労。仮に拾えたところで、まとまりなどあるはずもなく、前後も繋がっていなければ、意味も通じていない。そんな印象だった。

『やれやれ。面白い玩具と思ったのにな……』

少し寂しそうな、悲しそうな、拗ねたような声。

しかしそれも、風の音とともにすぐに色を変える。

『太常……。貴様、本気か……？』

『――無論』

誰かわからない男の、驚愕した声。

それに応える――太常の凛とした声。

「………」

本当に、なんなのだろう？

これは、夢なのだろうか？　それとも――？

『おのれ、太常！　この俺を謀ったか！』

答えの代わりに、一際大きな声が響く。

苛烈な怒りに満ちた叫びに、僕はビクッと身を震わせた。

『許されることではないぞ！』

複数台のテレビが同じチャンネルに合わせたかのように、一気に雑音が減って、男の声が重なり合い大きくなる。

『神を縛るか！　人ごときが！』
さらに、ノイズが減り、男の声がクリアになる。
僕は背を震わせ、後ずさった。
『おのれっ！』
「っ……！」
怒声の合唱。
狂気を感じるそれに、思わず耳を塞ぐ。
ノイズは聞こえなくなっていた。
そして――すべてのテレビが、一斉に呪いの言葉を吐き出す。
『おのれぇっ！』
『驕りし人よ！　必ず報いを受けさせてやるぞ！』
「ッ……！　やめろ！」
「――ッ！」
僕は思わず叫び、勢いよく起き上がった。
途端に視界が開けて、驚く。
え――？

『……ヌシさまよ。どうした？』

わけがわからず呆然とする僕に、眠たげな——そして気遣わしげな声がそっと寄り添う。

刀の中から話しかけているのだろう。不思議と声が反響している。

僕はゴクリと息を呑み、ゆっくりと視線を巡らせた。

そこはもう、あの暗闇ではなかった。

安物の遮光カーテンの隙間から洩れる、優しい月明かり。

座卓タイプの勉強机に、ロータイプの木の本棚。廃材や流木を使った、和室にマッチするノスタルジック感溢れるワードローブ。

見慣れた部屋——。今は僕一人の寝室だ。

「…………」

つうっと、汗が首筋を滑り落ちてゆく。背中はもうびっしょりだった。

「なん、だ……？　今の……」

手がブルブルと震えている。僕は自身の両手に視線を落としたまま、唇を噛んだ。

恐怖——とは、少し違うと思う。どちらかといえば、畏怖に近い。

あの声——あの『絶対的な何か』に対する、これは怖れだ。

「……ヌシさま……」

姿を現した華が、傍らに膝をついて、気遣わしげに僕を覗き込む。

僕はほうっと息をついて、華の頭を撫でた。

「……大丈夫。少し、怖い夢を見ただけだよ」

「そうか。水でも飲むか？」

頷くと、華が安堵したように笑って、台所へと軽やかに駆けてゆく。

その後ろ姿を見送って――僕はまだバクバクいっている胸を押さえた。

夢。そうだ、夢だ。ただの夢のはずだ。

そこに、意味などあるはずがない。無秩序な、ただの夢だ。

「…………」

だって僕は、あの声の神を知らない――。

2

「おやまぁ、小汚いところですねぇ。屋敷の厩(うまや)よりひどいのですが」

「……来て早々の悪態、どうもご苦労さまです」

嫌味に対して嫌味で返したつもりだったけれど——しかし太常は、そんなものどこ吹く風といった様子。いつものごとく、檜扇で優雅に口元を隠し、にっこり笑う。

「本当ですな。恐ろしく汚く、狭い。これで人間らしい生活ができておるのですか？」

「……失敬すぎるだろ。青龍」

そして、汚いって言うな。掃除が行き届いていないみたいじゃないか。日本語は正しく、古いって言えよ。僕はわりと神経質なほうなのもあって、汚くなんかしていない。

「っていうか、なんの用だよ？　迎えに来なくったって、今日もノルマの二時間はちゃんとこなすよ」

「そのことですが、主さま。わたくしと交わしたお約束は、最低二時間でございますよ？　毎日二時間でいいなどと、誰が言ったのです？」

「毎日きっちり二時間だけの作業では、屋敷が整うのはいつになることやら。いけません。いけませんぞ！　暇な日は、しっかりとお仕事をしていただかねば！」

「は？　今日が暇だなんて、いったい誰が……」

そこまで言って、口を噤んだ。——そういえば、言ったわ。昨日。屋敷で。明日は久々に休みだから、何をしようかな～って、ひとりごと。

あれを聞いていたヤツがいたのか……。聞いててもいいから、チクるなよ。ちくしょう。

「……それで、朝っぱらから僕を捕獲しにきたと。僕が遊びに出掛けてしまわないように」

「ええ」

「そういうことでございますな！」

太常と青龍が頷く。神さま……暇かよ。

僕は、古い昭和住宅の台所――トイレの前に立つ違和感バリバリの平安貴族を交互に見て、やれやれと息をついた。

「……わかりましたよ。行きますよ……」

「では、二分でお支度を」

「…………」

神さまのくせに、めちゃくちゃせっかち。朝飯も食わせない気かよ……。

けれど、ここは逆らっても鬱陶しいだけだ。僕は再度ため息をついて、「わかったよ……。そのへん、勝手に弄るなよ」と言い置いて、足早に洗面所へ向かった。

五分後――。身支度を整えるや否や幽世の屋敷へと連行された僕は、クリームパンの袋をバリバリと開けながら、「は……？」と太常を見上げた。

「書物の整理？　今日やることって、書物の整理なのか？」

「ええ。文庫蔵に収められていた書物などの整理をお願いしたく。……なんですか？　何も驚くようなことを申し上げたつもりはございませんが」

　ポカンと口を開けた僕に、太常が訝しげに眉を寄せる。いや、だって。

「朝早くから押しかけてくるような案件か？　それ。一日二時間の作業でも、数日かけりゃできるようなことに思えるんだけど」

「おや、そうですか？」

「そうだよ。だから、もっとこう……一度手をつけたら途中で止められないような、一日でやり切っちゃわないといけないような、丸一日かかるような大仕事だと思ってたんだよ」

　それなのに――書物の整理だって？

「とくに大した理由もなく……なんとなくで僕の貴重な休日を潰してくれるなよ。ノルマはきちんと守ってたじゃないか」

　思わず文句を言うと、扇で口もとを隠した太常が「これはこれは……」と目を細めた。

「ずいぶんと、『書物の整理』をなめていらっしゃるようで」

「……いや、別になめてるわけじゃないけど……でも、書物の整理は書物の整理だろ？」

「……ええ。たしかに、そうなんですけれどね」

寝殿の正面にある広大な北庭の西奥——寝殿の横にある対面所の前、ちょうど対面所から北向きへ伸びる廊下が西方向に直角に曲がる位置にある、二階建ての蔵。

蔵なんてものは、普通は目立たない屋敷の裏手や敷地の隅っこに配置されるのが普通だ。

けれど、この蔵は寝殿からも、北庭からも、対面所からもよく見える位置にある。

それもあってか、なかなか派手だ。正面に装飾性の高い唐破風という大きく湾曲した廂が設けられた楼閣。書庫というよりは宝物殿といった感じだった。

おそらく、蔵として実際に使うというよりは、『見せ蔵』あるいは『見せ櫓』なんだろう。寝殿や北庭から美しいその建物を眺めたり、逆に建物の二階に上って、北庭や寝殿を愛でて楽しんだりといった感じで使われていたんだと思う。

美しいそれを眺めて——ふと、先日大量に購入して運び込んだ酒のことを思い出す。

その蔵は、この文庫蔵とは違うのだろうけれど——そういえば、あのあとどうなったのか知らないな。

「なぁ、先日買った酒って、もうみなに飲ませたのか？」

「ええ。少しずつ渡しておりますよ。おかげさまで、すっかり大人しくなりました」

「大人しく？」

首を傾げて——しかしすぐに納得する。そっか、デモが起きてたんだっけ。

「蔵にはわたくしと青龍とで呪いを施しておりますから、酒が呑みたければ、わたくしと青龍に従うしかない。なかなかいい餌となりまして、とく利用させていただいていますよ」

太常がにっこりと笑う。——黒い黒い黒い。意地の悪さが透けて見えるんだけど。

神さまは我慢をしない。基本やりたいようにやるものだって言うし、そんな神さまや道具たちを管理するのは、ものすごく大変な作業だとは思うけどさ……。

僕はやれやれと息をついた。

「酒ぐらい楽しく呑ませてやれよ」

「人の世界には、『働くもの食うべからず』という言葉があると聞きましたが？」

聞く耳を持つ気はないんだろう。太常はあっさりと言って、文庫蔵の扉に手をかけた。

「では、開けますよ」

太常が閂を外して、ひどく重たそうな観音開きの扉を開ける。

僕はクリームパンをモグモグしながら中を覗き込んで——思わず目を丸くした。

「は……？」

足の踏み場もないとは、まさにこのことだった。

床は、巻きもの、和綴じの本、綴じられていない紙の束やお札などで埋め尽くされており、たしかに膨大な量の書物が収蔵されていたことがわかる。

けれど、いったい何が起こったというのか。奥にいくつも並ぶ大きな長持は、すべて蓋が開いてしまっていて、その蓋もかなり離れた位置にゴロリと転がっている。両側の壁の――僕の背丈よりも高い棚に収められていたと思われる葛籠もすべて床に落ち、その中身を床に散乱させている。

地震でも起こったのかと思ったけれど、ここは幽世だし、仮に揺れたせいで葛籠が棚から落ちたのだとしても、重たい長持の蓋が明後日の方向に飛んでいくなんてことはないだろう。そもそも床に勢いよく落ちたら、巻きものの一つや二つ――留めてある紐が解けることはあってもおかしくない。でも、巻きものの九割が広がってしまっているのはどういうことだ。

「……お前らが散らかしたのを、僕に片づけさせようってことなら、拒否するぞ？」

これはどう見ても、誰かが故意に散らかしたとしか思えないんだけど。

まず、店子の部屋の掃除は大家の仕事でもないしな。

「まさか。大家と小間使いの区別はついております」

「……お前、前に僕になんて言ったか、忘れたのかよ？」

大家は生かさず殺さずが鉄則なんて言ったんだぞ？　奴隷と大家を同列に並べるヤツが、ちゃんと大家と小間使いの仕事の区別はついているなんて、誰が信じるんだよ。

っていうか、僕が毎日二時間やってる作業、わりと小間使い的な雑用が多いんだけど？

「……主よ。何か勘違いされておるのでは？　我らは、『書庫の整理』をお願いした覚えはありませんな」

それまでむっつりと黙っていた青龍が、僕を見下ろして眉をひそめる。

そして、「ええい、邪魔だ！」と言って、風を起こし、床に散乱する書物を薙ぎ払った。

「ざ、雑っ！　ちょっ……やめろ！　紙が痛む！」

破れたり壊れたりしたらどうするんだ！　もう少し丁重に扱え！

「古いものなんだから！　取り返しがつかないことになったら……」

慌てて、足もとに転がってきた巻きものの一つを手に取る。

そして――僕は目を見開いた。

「え……？」

その巻きものは、白紙だった。文字も、絵も、何も書かれていない。

見ると――すべてがそうだった。巻きものも、和綴じの本も、散乱しているB5ぐらいの大きさの紙も、手紙をしたためたものだろうか？　長い和紙も、お札のような形をした紙も、すべて白紙。経年劣化でヤケていたり、カビのような汚れがついていたりはしているけれど、一つとして『書』という体を成したものはなかった。これは――？

「さぁ、主よ。道ができましたぞ」

あっけにとられる僕を、強引に足の踏み場を作った青龍が促す。

「さぁ、さぁ、そちらへ。愚図愚図せず。時間が惜しゅうございますぞ」

「は……？　そちらって……」

青龍が示したのは、文庫蔵の奥——闇に沈んだ場所に、ほぼ梯子と言うべき二階へ上がる階段が。そしてその下には、僕の足の付け根ぐらいまでの高さしかない低い扉があった。

頭に入っている屋敷の間取り図からすると、扉は廊下に繋がっているのだろう。対面所から北向きへ伸びる廊下が西方向に直角に曲がる位置——まさにそこだ。

言われるまま、青龍について扉から外に出る。

予想どおり、そこは廊下。このあたりは、まだ僕が入ったことのない場所だ。

「そちらです。その先は、ごく内輪の庭となっております」

「庭……？」

西に伸びる廊下の奥を、青龍が示す。そこには、観音開きの妻戸が。どうやら、そこから外に出られるらしい。

「ああ、そうか。対面所から伸びる廊下が壁になって、寝殿や北庭方向からは見えないから、ごく内輪の者だけのってことなのか……」

「ええ」

太常が頷く。

「位置的には、対面所から北向きにのびる廊下の終点に、先ほどの文庫蔵が。そこから西へ直角に奥向き廊下が伸びます。その終点は、正室の間や奥座敷に繋がります。そちらは今、騰蛇の魂とともに闇に沈んでおりますから、現在――主さまが足を踏み入れることのできる西の終点が、今から行く庭となります」

「なるほど」

「庭と奥座敷との間には竹垣がございます。南側は、対面所の少し南に下がったところから、実用的な蔵がいくつも連なります。先日、お酒を運び込んだのがそこです」

「つまり、対面所からの北廊下、西に伸びる奥向き廊下、北廊下と平行の竹垣、そして南の蔵に囲まれたスペースってこと？」

「そうですね。客をもてなすことがない、住まう者の心を癒やすためだけの場所ですから、北庭とはまた違った趣で美しいですよ。……本来ならば」

「……は……？」

最後の不穏な一言に、眉を寄せる。

ほぼ同時に、先を歩く青龍がゆっくりと妻戸を開けた。

「さぁ、こちらですぞ」

「ツ——!?」

目の前に広がったありえるはずのない光景に息を呑み——絶句する。

桃の花の甘い香りがする。華やかなピンクの花が、風に揺れていた。

同時に、梅も爽やかに香る。桃よりも濃い紅梅と、清らかな白梅が身体を寄せ合う姿は、楚々(そそ)として美しい。

竹垣に沿って満開を迎えているのは、桜だ。薄紅がひらひらくるりと舞を踊っている。

でも、庭の中央の池のたもとでは、青々とした柳の木が流麗な枝を風にそよがせている。

その反対側には、赤々と萌(も)えた紅葉が凛と佇み、蔵の前には、銀杏(いちょう)だ。見事な銀杏の木が、黄金の葉を降らせている。

池の向こうに広がる花畑も、菜の花に野薔薇(のばら)、菖蒲(しょうぶ)、山百合、朝顔に桔梗(ききょう)、彼岸花(ひがんばな)に萩(はぎ)、コスモスと、同時期に咲くはずのない花々が美しさを競っている。そして、池には睡蓮(すいれん)が。

「…………」

異常なのは、何も植物だけの話ではなかった。空は高く、入道雲がもくもくと雄大な姿を晒しているのに、はらはらと雪が舞っている。

その潔白は、本来出逢うはずのない柳の青や紅葉の赤、桜の薄紅を、震えるほど魅力的に彩っていた。

可憐な薄紅と清廉な白が舞う中、蛍が淡い光を放つ。かと思えば、隣の木で鳴くのは蝉だ。けたたましい声を上げて、自己主張している。

それに負けまいと唄い上げる鶯に、騒がしく文句を言う百舌鳥。池に静かに佇むのは白鷺。南の蔵の屋根の上で陽気に踊るのは、丹頂鶴。

奥の花畑で恐ろしい唸り声を上げて威嚇し合っているのは――虎と獅子だ。これは夢だと思いたい。頼む。どうか、夢であってくれ。

眩暈がしそうなほど狂った空間に、もう呆然とするしかない。

「……なんだ、これ……？」

「書物の中身です」

「中身ぃ⁉」

「ええ。絵巻物や、掛け軸、物語、覚書や符呪の中から抜け出したモノたちです」

太常が、なんでもないことのようにあっさりと頷く。いや、頷かれても。

「ですから、『書物の整理』と申し上げました。『書庫の整理』ではなく」

「っ……⁉　おい！　まさか……！」

こ、これを整理しろってことなのか⁉　冗談だろ⁉

しかし太常は、これまたあっさりと首を縦に振る。いや、だから、頷かれましても！

「書物から抜け出たモノたちを書物に戻すのは、大家としてのお仕事で間違いございません。つまりこれも、『屋敷に住まう店子の把握と管理』の一環でございますよ」

「そ、そうか⁉」

とてもそうは思えませんけど⁉

お前たちの中の『大家』の括り、絶対におかしいって！

っていうか、何度も言うけど、僕は安倍晴明とは違うんだ。凡人も凡人、むしろ平均以下。中の下なんだってば。それを、常に念頭に置いておいてくれないかな？

安倍晴明なら朝飯前のちょちょいのちょいでこなせる簡単なことでも、僕には命をかけて全力で取り組んでもおそらく無理ってこと、かなりあるから。むしろ、そういうのばっかりだから。本当に、要求のレベルをもうちょっと考えてほしい！

「これを……どうしろって……」

おそるおそる庭へと下りる。

薄く積もった雪は、ちゃんと冷たい。空気は冴え冴えと冷えていて、吐く息は白く染まる。そろそろゴールデンウィークとは思えない。

晴れの国おかやま、どこ行った。

「……なんだ？　これ」

寒さに身を震わせながら、ふとあちこちに点々と落ちている黒いものに目を留める。池を囲む石に、飛び石に、石灯籠（いしどうろう）に、木々の根もとに、幹に、雪が積もっていない地面に、まるでシミか何かのように。

しゃがんで、よくよく見ると――それは文字だった。筆で書いたような流麗な。

「文字……。これも、書物か何かの中身ってことか……？」

これを書物に戻すなんて――いったいどうしたらいいんだ。

とりあえず、この文字はつかめるのだろうかと手を伸ばした、その時。

「あ、不用意に触られますと……」

「っ……!? 熱っ！」

太常が何やら言いかける。しかしそれよりも早く、文字がまるでライターか何かのように突然炎を生み、それが僕の指先を焼く。

「あっつ！　熱っ！　なっ……!?　はぁ!?」

慌てて傍らの雪に手を突っ込んで、ことなきを得たけれど――え？　何？　燃えたよ!?

呆然として太常を見ると、「符呪の文字も交じっていると申し上げましたが？」と言う。

はい。聞きましたが？　なんだよ？　その「ちゃんと言ったじゃないですか」みたいな感じ。

じゃあ、こっちも言わせてもらうけど、僕は初心者なんだって何度言ったらわかるんだよ！

あんな一言で、こういうことが起こるって予測できるほど僕はあやかしにも幽世にも陰陽術にも詳しくないから！　そこまで言ってくれないと、助言が役に立つことはないから！

「ちょ、ちょっと待て！　それってもしかして、下手なことすると、術が発動しちゃったりするってことかよ⁉」

霊的な力はほぼ皆無で、祓魔の心得なんか微塵もない僕でも⁉

「……少し、ニュアンスが違いますね」

太常が小首を傾げて、扇で文字を指し示す。

「符呪とは、符に呪を封じ、多くの手順を短縮して簡単に発動できるようにしたものです。その呪が無防備に落ちているわけですから……」

「すでに発動している呪そのものが、そこにあると思ったほうがよろしかろう」

青龍がうんうんと頷く。

え……？　何それ。この庭、めちゃくちゃ危険じゃない……？

嘘だろ？　新たなトラウマ生成の予感が、めちゃくちゃするんだけど。

「ちなみに、符呪ってどんなものがあるわけ？」

「さぁ……」

「さぁってお前……」

「先の主さまが、未来に起きうるあらゆる状況に対応できるよう書き溜めたものですので、ありとあらゆるものがあると思いますが……」

「………」

陰陽術を知っている者ならある程度の予測がつくかもしれないけれど、基本すら知らない僕からしたら『ありとあらゆるもの』なんて幅広くさまざまなものを網羅しちゃう言葉から連想するのは、ただの『なんでもありの地獄』でしかないんだけど？

「……嘘だろ……？」

危なくて、何にも触れねぇわ……。

「主さまのご所望どおり、丸一日はゆうにかかる大仕事でございますよ」

呆然と立ち尽くす僕に、太常が扇で口もとを覆って、実に優雅ににっこりと笑う。

「手をつけたら途中で止められませんし、一度にやり切ってしまいませんと、すぐにもとの黙阿弥（もくあみ）となってしまうことでしょう。やりがいは十二分にあるかと存じます」

「……いや、別に……」

僕、簡単な仕事じゃ嫌だって意味で、その言葉を口にしたわけじゃないんだけど。

でも、『書物の整理は書物の整理だろ？』なんて、半ばなめてかかっていたのは事実だ。

僕は深いため息をついて、がっくりと肩を落とした。

「やれるだけ……やってみます……」

3

「何……？　神さまって鬼畜ドSばっかりなの……？」

いつぞやにも吐いた言葉を再び呟きながら、僕は自分自身を抱き締めた。

「寒っ……！　あぁ、もう！　風邪ひくっ……！」

ゴールデンウィーク前だぞ⁉　しかも現在、一日のうちでもっとも気温が高くなりがちな十三時半ちょいすぎ。そして、ここは岡山だ！　なぜ、僕は凍死しそうになってんだよ！

もっと言えば、主がいない時は天気こそ悪いらしいけど、灼熱の暑さも凍える寒さもない幽世なんだぞ？　ここは！

　基本的に思いつくことは、この数時間ですべてやってみた。

　草花や木々を本に挟んでみたり、巻きもので巻いてみたり。空っぽの本や巻きものを手に、草花や木々に話しかけてみたり。舞散る花弁を集めて、美しい花を手折って、または摘んで書庫に連れていってみたり。

カサカサと虫か何かのように逃げる文字を追いかけてみたり——紙へと誘導してみたり。そのまま染み込んでいってくれるんじゃないかって、文字に紙を重ねて押しつけてみたり。紙や本が、たいていのことでは汚れたり破れたりしないってことに気づいてからは、紙に実際に筆でその姿を描いてみたり。

いろいろやったけど——もちろん、効果なんて露ほどもなかった。

その代わり、反発——報復みたいなものはかなり受けた。銀杏の木には、ぎんなんを散弾銃みたいにぶつけられたし、柳の木には、鞭みたいにしなる枝でぶっ叩かれたし、池には、池の水をしこたまぶっかけられたし、入道雲は雷とゲリラ豪雨を浴びせ、雪は吹雪となって僕を翻弄した。もう少しで、たいして広くもない庭で遭難するところだった。

当然——というのもおかしいけれど、虎と獅子には追いかけ回されて、どこからともなく飛来した鷹にもつつき回された。

前に、神々の悪戯で屋敷内で遭難した時よりかは多少被害は少ないけれど、それでも華が虎と獅子から庇ってくれて、鷹を追い払ってくれて、雪の中から掘り出してくれなかったら、僕は間違いなく死んでたと思う。

とりあえず、おおかたの予想どおり、トラウマは順調に量産されている。ちくしょう！

「ヌシさま、大丈夫か？」

華が僕を見上げて、心配そうに言う。——ありがとう。心配してくれるのは華だけだよ。

ちなみに太常はといえば、僕をここに案内したあと、「お役目に尽力する主さまの雄姿を見ていたいのは山々ですが、わたくしも暇ではございませんので」などと言って、さっさとどこかに行ってしまった。

青龍は、「醜態を晒すことは許しませんぞ！　無様な真似だけはなさらぬよう！」などと勝手なことだけ言って、やっぱりどこかに行ってしまった。

青龍は龍神ゆえに、どこにいても幽世の隅々まで見渡せる第三の目を持っているそうで、僕を見張るのに、傍にいる必要はないのだそうだ。そういえば、僕があやかしの町で書林の店主と取り引きをしているところや、汚泥の泥人形たちに追いかけ回されている様子も、その第三の目で見ていたんだよな。

それで、我慢ができなくなって割って入ったという——……。

「うん……。なんとか、大丈夫……」

僕はブルブルと震えながら、首を縦に振った。

「でも、このままじゃマズいから……昼飯食いがてら一旦家に戻って、着替えてくる……。ついでに、防寒具も持ってくるわ」

長丁場になりそうだしな……。

そして、風邪をひいて高熱を出しても、太常も青龍も絶対にいたわってはくれないから、これ以上しんどい思いをしないためにも、体調だけは絶対に崩さないようにしないと。

その言葉に、華がシュンとして下を向く。

「……すまぬ。ヌシさまよ。こういったことには、我はなんの役にも立たん。我は護り刀。主に振りかかる災厄を切り払うことしかできぬ」

そのままひどく申し訳なさそうに言って、僕の腰あたりにギュウッとしがみついた。

「己の無力さを痛感する」

「……そんなことないよ」

僕は首を横に振って、鮮やかな金色の髪と大きな狐耳を撫でた。

「僕を雪の中から掘り起こしてくれただけで、十二分に役に立ってるよ。それで凍死せずに済んだんだから」

「しかし……」

「人もあやかしも神も万能じゃない。できないことがあるのは、恥ずべきことじゃないよ」

あの太常にだって、できないことはあるんだ。

「……華。僕は、できないことまで背負ってもらいたくない。華は華のままでいいんだよ。僕に必要なのは、今のままの華だ」

そして——神やあやかしは、人よりもよほど拘束力の強い理のもとで生きている。刀だからこそできないこと——。それは華を縛る理だ。決して侵してはならない。刀として、付喪神としての本分を、逸脱してはならないんだ。華が華であるためには。

そう——学んだ。

だから、無理に僕の役に立とうなんて思わないでほしい。

できないことは、できないでいいんだ。

「……ヌシさま……」

華が僕を見上げて、悔しげに唇を噛む。

「しかし、我がもう少し頼りになれば、この問題もすぐに解決できるかもしれぬのに……」

「それを言うなら、僕が主としてもっと力があって、しっかりしていれば、華にそんな顔をさせなくて済んだのにな？」

「……！」

僕の言葉に華はハッとした様子で身を震わせ、激しく首を横に振った。

「違うぞ！　ヌシさまは、これ以上ないというほど頑張っておる！」

僕の腰に抱きついたまま、「違うぞ！　違うぞ！」ともどかしそうに足をバタバタさせる。

「そういう意味ではないぞ！　ヌシさま！」

僕は笑って、華の頭をぐりぐりと撫でた。

「……うん。ヨタヨタと頑張る僕を、華はちゃんと支えて、守ってくれてる。ありがとう。華がいてくれるから、僕はまだ頑張れるよ」

「……ヌシさま……」

「――大丈夫。それに、少しわかってきた気がするんだ」

奥向き廊下の、庭に下りるための妻戸を一旦閉め、手首に例の絵馬をかけて二礼する。

東京の家と岡山にある『一坪』――幽世をスムーズに行き来できるように、太常が作ったアレだ。

「……！　本当か？　ヌシさまよ」

「うん」

そして、二拍手。最後にもう一度礼をして――再び華に視線を戻してニカッと笑った。

「仕切り直す。そのためにも、一旦着替えてくる」

「……わかった」

華が数歩離れる。僕は頷いて、妻戸を開けた。

その先は――見慣れた、僕の家。

僕は部屋に入ると、トイレのドアをバタンと後ろ手に閉めた。

「寒っ……！　着替え……！　タオルタオル……！」

着替えを手にバタバタと洗面所に駆け込んで、濡れたものを脱ぐ。

「本当は、風呂に入って温まりたいけど……」

悠長にそんなことしてたら、また太常と青龍に突撃されそうだしなぁ。

しっかりと身体を拭いて、手早く着替える。髪をドライヤーで乾かして、完了。

そして押し入れを探り、すでに収納ケースにしまい込んであった防寒具を引っ張り出す。

「ダウンジャケットとマフラー。あー……カイロの残りってあったっけ？」

軽く探すも――それは見当たらない。仕方ない。諦めよう。

僕は財布の中身を確かめ、再びトイレのドアを見つめた。

「さて、と……」

華に言ったことは、嘘ではない。

数時間奮闘して、わかった。というか――思い知った。

僕は、とことん何もできないんだってこと。

当然だ。霊的な力みたいなものは備わっていないし、神やあやかしにかんする知識もない。

陰陽術のようなものもだ。それで何ができるというんだ。

僕には、何もできない。安倍晴明のようなことは、何もだ。

そして太常は、それを知っている。知った上で、僕を主にした。

アイツが僕に求めているのは、安倍晴明ならばできることではない。

最強の陰陽師として君臨した安倍晴明ならば、決してやらないこと。できないことだ。

それなのに、書物に中身を戻す『正しい方法』を考えようとしていた。

「……僕は、かかわることしかできない」

深呼吸を一つ——気持ちを落ち着ける。

良くも悪くもそれだけなのに、それ以上のことをやろうとしていた。

違うのに。そうじゃないのに。『馬鹿すぎて見ていられない』なんて情けない理由でも、青龍を動かした時点で、僕的には勝ち。それでいいのに。

「……最終的に書物の中に戻る気にさせれば、僕の勝ちだ」

そこに至るまでの過程なんて、まったく問題じゃないんだ。

「背伸びをするな……」

僕もまた、できないことはできないでいいんだ。

どう足掻(あが)いたところで、僕は稀代の陰陽師にはなれないんだ。

僕は、中の下の僕のままで、できることだけをすればいいんだ。

そして、僕にできる唯一のことは——とことんまで向き合って縁(えにし)を結ぶこと！

考えるべきは、その縁を結ぶために何をするかだ！

ふと、今朝の夢を思い出す。

『驕りし人よ！　必ず報いを受けさせてやるぞ！』

響き渡った、憎悪に満ちた絶叫。

そうだ。驕るな。僕は、名ばかりの主だ。彼らの上に立つものじゃない。

神もあやかしも、使えなどしないんだ。

「……っ……」

それでも――大事なものがある。守りたいものがある。心に抱いた願いがある。

「僕は、あの子の主じゃないか……」

僕は手首に絵馬をかけ、ドアの前に立った。

「華に、あんな顔をさせるなよ……！」

4

「――みなに告ぐ」

太常が用意してくれた、黒漆塗りの唐渡りのテーブルに、ドンと焼酎の一升瓶を置いて、僕はぐるりと庭を見回した。

天板には牡丹（ぼたん）をモチーフとした砡象嵌（ぎょくぞうがん）、縁には螺鈿（らでん）象嵌がほどされた立派なテーブルは、次の主のための道具として、安倍晴明が用意したものらしい。当時、唐渡りの物は希少な最高級品だ。

千年前の当時から希少ということは、現代の日本に綺麗な状態で残っているのは、もはや奇跡と言っても過言ではないほどの究極の逸品だ。美術品としての価値ははかり知れない。現世ではいったいいくらの値がつくのか——想像もできない。

本来なら、博物館か美術館に納めるべきものだ。だけど——これは今、僕のもの。ならば有効利用させてもらおうということで、椅子とともに庭に運び込んでもらった。隣で、朔がテーブルに次々と酒瓶を並べてゆく。もちろん、朔を屋敷内に入れる許可は、ちゃんと取った。

僕はズラリと並んだ酒瓶を横目で確認し、再び視線を巡らせた。

「みなが千年をこの屋敷で過ごしている間に、現世では実に多種多様な酒が作られるようになったんだ。外国（そとくに）——たとえば唐のような、日本とはまったく違う国から渡ってきた酒も、数多く存在している。先日、太常がここにその一部を持ち込んだけれど——呑んだよな？」

庭は静まり返ったまま。何も反応はない。――いや、違う。静まり返っていることこそが、彼らが示した反応だ。蝉もコオロギも鳴かない。鶯も百舌鳥も歌わない。木々も風に枝葉を揺らしていない。草花も風に身をそよがせていない。せせらぎの音すらも聞こえない。

みなが、じっと僕の出方を窺っている。僕は思わず目を細めた。

――ん。上々。いい反応。

「それを選んだのは、僕だ。太常は現代の酒に詳しくないから。その選定基準は二つ――」

ピッと二本指を立てて、前へ突き出す。みなから、よく見えるように。

「みなにとって『未知の酒』で、『そのまま呑むことができるもの』だ」

虎と獅子が、ピクリと耳だけ動かす。興味なさげに知らんぷりを決め込んでいるけれど、その尻尾にはもう落ち着きがない。――よし！　いける！

さらに高らかに、言葉を続ける。

「現代の酒は、その呑み方も多種多様。同じ酒でも、飲み方によっても味が大きく変わる。だけど、この屋敷の者は誰も、その『呑み方』を知らない。だから、『そのまま呑むことができるもの』を選んだ。深く考えず、気軽に楽しめるように。――もう、わかるよな？」

僕はニィッと口角を上げた。

「唯一、現世で現代を生きてきた人間（ぼく）は、その多彩な『呑み方』を知っている！」

用意したのは、日本で一番有名な麦焼酎の一升瓶を三本。多くの居酒屋で使われている、アルコール度数の高い甲類焼酎の五リットルペットボトル一本。あと梅酒も結構な数を。カクテルのベースでよく使われる、ジン、ウォッカ、テキーラも、かなりの数を用意した。ラムはもちろん、カルーアにカシスなど主要なリキュールもちゃんと押さえて、その上で岡山の地のもののリキュールも多数。ウイスキーやブランデー、シャンパンなんかも。

もちろん、割るほうもしっかり用意した。

水、炭酸水、トニックウォーター、ジンジャーエール、紙パックの烏龍茶に緑茶、紅茶。各種フルーツジュースに、フルーツビネガー。牛乳なんかも。

それだけじゃない。カセットボンベを使うタイプの卓上コンロにケトル。鍋にフライパン、トング、箸などの基本的な調理セットも。これは、湯割りのための湯を沸かしたり、簡単なつまみをつくるためだ。もちろん、そのための食料も、いろいろと買い込んだ。

それを楽しむために必要な、プラスチックの食器類は百円均一でごっそりと買い込んだ。

酒を呑むためのグラスもだ。タンブラーにジョッキにロックグラスも。

それらは、庭に乗り込む前に、朔と一緒にすべて洗って磨き上げてある。

僕は、テーブルの上にズラリと並んだ――彼らにとっては目新しいそれらを手で示した。

「このとおり、準備は万端だ！」

獅子がたまりかねたように顔を上げ、こちらを見る。

その獰猛(どうもう)な金の瞳をまっすぐに見つめて、僕はさらに宣言した。

「今日は、そのまま呑むことが難しいからこそ、先日のラインナップには入れられなかった酒をたっぷりと持ってきた。――振る舞い酒だ！　僕と酒を呑んでもいいと思ったモノは、い、い、い、い、い、い、い、い、い、い、い、い、酒を楽しめる姿で出てきてくれ！」

「ははっ！　考えたなぁ！　主！」

瞬間、豪快な笑い声とパンパンと拍手の音が響く。

僕はハッとして、視線を上げた。

「白虎……」

「それはつまり、酒を呑んだら書物の中に戻れって、そういうことかい？」

南側の蔵の屋根にしゃがみ込み、ニヤニヤしながらこちらを見下ろして、白虎が言う。

僕は目を丸くして、大仰に首を傾げてやった。

「は？　そんなこと言ったか？　僕」

「え……？」

想像と違う反応だったんだろう。白虎がびっくりした様子で目を丸くする。

「違うのか？」

「違うに決まってんだろ。交換条件で美味い酒が呑めるかよ。そんな酒が不味くなるだけのことはしないよ」

きっぱりと言ってやると、虎と獅子が顔を見合わせる。

「じゃあ、対価はなんだ。意味もなく振る舞ったりはしないだろ？」

「僕、ちゃんと言ったと思うけど？　僕と酒を呑んでもいいと思ったモノは、酒を楽しめる姿で出てきてくれって」

その言葉には、裏も別の意図もない。それ以上の意味もだ。

僕は白虎をまっすぐに見上げたまま、トンと自分の胸を叩いた。

「僕はみなと酒が呑みたい。僕と酒を呑んでくれること。それが、僕にとっての対価だ」

「……！　酒を呑むことが？」

「そう。僕は神さまやあやかし、この幽世についても何も知らないから、木や花や虫や……ましてや池に、どうやって酒を呑ませたらいいのかがわからない。だから、酒を呑める姿になってほしいって言ったんだよ。現世では決して見られない景色を肴に独りで呑むこともできなくはないけれど、それじゃつまらない。僕は、みなと呑みたいんだ」

「どうしてだ？」

白虎が興味深げに顎を撫で、首を傾げる。

「どうして、俺らと酒を呑みたいと思うんだ？」

「それ、そんなにおかしなことか？」

今度は、僕が首を捻る番だ。そんなに不思議そうにされる意味がわからない。だって——。

「人間の分際で神さまやあやかしたちと酒を酌み交わすなんて、結構とんでもないことだと思うけど？　少なくとも僕にとっては、ものすごく価値のあることだ」

「……！　それは……」

「そんな貴重な体験をさせてもらえるんだ。それって充分対価になりえるだろう？」

それに、屋敷の道具たちとも『取り引き』はなるべくしないほうがいいと言われている。

『——基本的に、主従関係を結んでいるモノに対し、主さまのほうから一方的に何かを捧げ渡すのは大丈夫ですよ』

『屋敷の道具に対しても、主さまが選んだものを一方的に渡す分には問題ないかと。ただし、コレが欲しい、アレが欲しいなどと、相手から要求された場合には注意が必要です。それは、たとえ主従関係にあるモノ相手でも、避けておいたほうが無難でしょう』

太常の言葉を、僕はちゃんと覚えている。

だから、僕は『取り引き』はしない。

一緒に酒が呑めるという、ちょっとした『ご褒美』以上のことは求めない。

白虎が、なぜだかひどく感心した様子で「なるほどなぁ……」と呟く。

「少しつけ足すなら、僕はみなのことが知りたいんだ。僕は何も知らないから」

そして、できることなら、みなにも僕のことを知ってほしい。

僕は安倍晴明と同じではないから。比べものにならないほど、ちっぽけな人間だから。

安倍晴明を継ぐ者だとか、主だとか、そんな肩書きや色眼鏡なしに、決して立派ではない僕のことを知ってほしい。

それが、僕のささやかな願いだ。

僕は白虎を見つめたまま、唇を綻(ほころ)ばせた。

「そのために、唯一できることが――これなんだ」

僕にできるのは、それだけなんだ。

話すこと。

聞くこと。

触れること。

向き合うこと。

触れ合うこと。

ともに――在ること。

もちろん、書物には戻ってもらいたい。それは間違いない。

でも、僕は彼らに命令ができるような力はない。交換条件が出せるような存在でもない。

僕は安倍晴明とは違うんだ。

突然現れたヤツに、立場をたてに命令されて従えるか？　足下を見た交換条件を出されて受け入れられるか？　そんなの人間同士だって無理だろ。

まずは、知ること。そして知ってもらうこと。

人と人との関係だって、まずはそこからだろう。

書物に戻ってくれと『お願い』するのは、もっともっとあとだ。

「……ヌシさま……」

華がそっと僕の腕に触れる。

僕は、なんだかひどく嬉しそうな華を見て、にっこりと笑った。

「華は僕に似て甘いものが好きだから、フルーツを使った甘～いお酒もたっぷり買ってきた。一緒に楽しもうな」

金色に輝く髪と大きな狐耳を優しく撫でる。

ごめんな？　華はすごい護り刀なのに、役立たずだなんて嘆かせてしまった。悲しい顔をさせてしまった。不甲斐(ふがい)ないのは僕なのに。

もう大丈夫。

良くも悪くも、僕にできることはこれだけだから。

驕らず、自分を過信せず、また必要以上に卑屈にもならず、僕は僕のままで――。

大切に、丁寧に、焦らず僕のペースで、じっくりと時間をかけて、一つずつ紡いでいこう。

千の道具たちとの――縁を。

極上の手触りを思う存分楽しんで、僕はぐるりと庭を見回した。

嘘も裏もなく、ただ笑顔で。

「だから、僕と酒を呑もう！」

花の香が混じった風が、さやさやと草木を揺らす。

白虎は満足げに微笑むと、その場に立ち上がった。

「……アンタのそういうとこは嫌いじゃねぇな」

そのまま軽やかに蔵から飛び降り、テーブルの傍までやってくる。

「書物の中身だけに言ってるわけじゃねぇなら、俺もご相伴（しょうばん）にあずかりたいねぇ」

「もちろん、大歓迎」

僕はにっこり笑って、僕の傍らにある椅子に座っている華に視線を戻した。

「まずは、華な？」

ロックグラスに、雪の中で冷やした清水白桃のリキュールを注ぐ。そして、製菓材料店で手に入れた冷凍の桃を入れ、ゆっくりと一回掻き混ぜてから、はいと手渡す。

「……！　いい香りじゃのう……！」

「甘くて美味しいよ」

もう一度その頭を撫でて、目の前のド派手な大男に向き直る。

「白虎は……雑にじゃんじゃん呑めるものがよさそうだよなぁ。上品にちびりちびりとやるタイプじゃないだろ？」

「そうだなぁ」

「ビール呑んだか？　太常が買ったヤツ。ほら……茶色い瓶の」

「ああ！　アレなぁ、呑んだ呑んだ。まぁ、ちょっとばかりもの足りなかったが、口の中でパチパチしやがるのは楽しかったな」

パチパチ？　ああ、炭酸か。

「じゃあ、ハイボールいってみるか。あ、朔。タンブラーじゃなくてジョッキでいこう」

こいつ、絶対酒豪だし。

ジョッキに、クーラーボックスに大量に用意した氷をたっぷり入れて、ウイスキーを注ぐ。一度掻き混ぜてから、炭酸水をなみなみ注いで、もう一度クルリとステア。

「おお！」

「外国で生まれた酒だよ。今は、日本でも作られているけど。『ウイスキー』って言って、この呑み方は『ハイボール』な」

大きな手にジョッキを握らせて、僕は傍らでせっせと手を動かしている朔を見た。

「朔は？」

「あ、俺は一杯目はビールなんで」

「そういえば、岡山のクラフトビール買ってくれって言ってたっけ。冷えてる？」

朔がにぃ～っと笑って、傍らの雪の中を指差す。――おぉ。抜かりないな。お前。

「じゃあ、僕もクラフトビールにするかな。あ！　待て待て！　白虎！　まだ呑むなよ！　乾杯ぐらいさせろ！」

さっさと呑もうとしていた白虎を慌てて止めて、ビール瓶の栓を抜く。

「瓶のまま？　グラスに入れる？」

「瓶のままで」

片方を朔に渡して、一緒にその瓶を頭の上へと掲げる。

「じゃあ、乾杯ー！」

「乾杯～！」

そしてそれを、白虎が持つジョッキに、華が持つグラスに軽く当てる。

綺麗な音を響かせてから、僕はよく冷えたビールを勢いよく呷(あお)った。

「ッ……！　～～～～っ！」

うわ～っ！　美味しいっ！

「く～っ！　美味ぇなぁ！」

ジョッキの半分以上を一気に飲み干して、白虎が豪快に笑う。

「こりゃあ、たしかに『未知の味』だな！」

「ヌシさま！　甘くて美味いぞ！　あのクリームソーダとやらと同じぐらい！」

華が興奮した様子で足をバタバタさせて、報告してくれる。

「お酒がなくなったら、中に入れてる桃も食べられるからな。冷たくて甘くて美味しいよ」

「ほほう！　なるほど。それは楽しみじゃのう！」

「――あるじ」

目をキラキラさせながら、華がグラスの中を覗き込んだ瞬間――背後から聞き覚えのある幼い声がする。

つんつんと袖を引っ張られて振り返ると、なんとそこにいたのは、あの天空だった。

僕がはじめてここに来たあの日、最初に目にした神だ。

十二天将が一、北西を守護する凶将――天空。

「て……天空！　久しぶり！」

華よりも少し幼いように見える。体温を感じさせない青白い肌。日本人形のような黒髪は、やっぱりざんばらで、不揃いだ。

紫の指貫に、白と桜色の小袿を腕に引っ掛けた格好。単衣は着ておらず、肩やお腹は剥き出しの状態。右目と首、右腕全体と左の二の腕、胸元に包帯が巻かれている。

「あるじ。われにも」

病的な感じのする細い指が、僕の腕を引く。僕は慌てて、天空の前に膝をついた。

「主って……呼んでくれるのか……？」

「……？　ちがうのか？　おまえがあるじだって、たいじょうが言ってた」

その左目が、しっかりと僕を映す。

それだけで――嬉しい。

太常はあの日、天空を『十二天将の中でも一番卑雑な性質の者』と説明した。卑しくて、まとまりがなく、いいかげんで、大部分で劣っているのだと。そう生まれついてしまった。

それは、本人にもどうすることもできないのだと。

今ならわかる、それが、天空を縛る理なんだ。

『あれは日の半分も正気を保てません。虚無感や空虚感に囚われぼんやりしているか、泣き喚いているか。正直、あれが誰かと会話しているところを見たのは、実に千年ぶりです』

太常のその言葉どおり、あれ以来、天空は僕を見てもまったく反応を示さなかった。当然、話しかけても完全に無視。僕のことなんて、すっかり忘れてしまったかのようだった。

見かけても、ほとんどぼうっと空を見ているか、ブツブツと何かを呟いているか、激しく泣き喚いているかで、とてもじゃないけれど話ができる状態じゃなかったんだ。それなのに。

僕は天空と目線を合わせて、にっこりと笑った。

「違わない。僕が、君の主だ。今日はお話ししてくれる?」

「……してもよい。話すのは、へただが」

「ありがとう！　じゃあ、飲みもの用意するな?」

味の好みは、おそらく訊いてもわからないだろうなぁ……。

華と話していた時に出てきたから、華と同じものにするか。

清水白桃のリキュールとロックグラスを取り出した、その時。

しゃらんと繊細な金属の音がして、あたりを甘い香りが包み込む。

「もし――お前さま。それは、妾にこそふさわしいものではないかぇ?」

「……！」

ハッとして視線を巡らせると――白虎の斜め後ろに、ものすごい美女の姿が。

濃い桃色地に百花繚乱柄の豪奢な着物を、肩や鎖骨、足が露わになるように着ている。

現代でいうところの――いわゆる『花魁風着付け』だ。あくまでも、風。本物の花魁は、肩や鎖骨や足を出す着方なんて絶対にしなかったから。それは『夜鷹』がやること。

とにかく、絢爛豪華な着物を実に艶めかしく身に纏った、超絶美女。梳き流しにした髪に飾っているのは、しゃらしゃらと繊細に揺れる金の簪と美しい桃の花。

見ると――先ほどまで強い芳香を放っていた桃の木が、消えている。

「大丈夫。たくさんあるから、すぐに同じものを作るよ」

にっこりと笑って、今作ったものは天空に。「華の隣に座るといいよ」と言うと、素直に頷いて、トコトコと歩いてゆく。う、うわ～！　感動っ……！

太常も「実に千年ぶり」と言っていたように、ものすごく珍しい光景なのだろう。白虎がおかわりをねだることすら忘れてポカーンとしている。

華が天空に「とても甘いぞ。中の実も、溶けたら食べられるのだぞ」と説明しているのを微笑ましく思いながら、僕は美女へと視線を戻した。

「甘いのは好き？」

「……ふふ。食べものも、飲みものも、睦言も、甘いのがよい。妾は女ゆえ」

そう言いながら、庭石の一つに腰を下ろす。

はらりと露わになった白い太腿(ふともも)に、僕は慌てて目を逸(そ)らした。

「さ、寒くない……のか……？」

ダウンジャケット着てても、若干寒いのに。

「石、冷たいだろう？　女性が身体を冷やすのは、よくないと思うんだけど……」

「……妾は人ではないのだが」

美女が驚いたように目を丸くして——それから楽しげに声を立てて笑った。

「付喪神の妾には冷えなど問題ではないが、心配されて悪い気はせんな」

そして、艶やかな扇を開くと、朔に向かってヒラヒラと振った。

「心配してもらった礼じゃ。ほれ、そこな猫。雪で何か形を作ってたも」

「形……ですか？」

「そうじゃ。なんでもよいし、小さくても構わぬ。形を作ってたも」

朔が少し考え、僕を見る。

「雪で何かを作るっていうと……」

「雪だるまとか、雪うさぎとかじゃないか？」

桃の酒を作って美女に渡しながら言うと、朔が頷いて、少し離れたところの雪を手に取る。

ホット飲料のずんぐりとしたペットボトル大の雪だるまを作る。目は小石。手は弁当用の可愛いプラスチックピック。つまみを食べる時に使えるかと思って買っておいたものだった。そしてその頭には、すでに空になったリキュールの蓋を載せる。

女の子の機嫌を取るのは得意と豪語しているだけあって、女の子受けする可愛いできだ。

「ああ、甘い……」

一口呑んで、美女がうっとりと眼を細める。

艶やかな色香と桃の香と漂わせながら、実に官能的な仕草で紅い唇を舐めた。

「ふふ。これは極上……。たまらぬわ……」

「気に入ってもらえたなら、よかった」

「ふふ。だが、これだけでは足りぬぞ。当然、まだ用意はあろうな？」

頷くと、僕の隣に戻ってきた朔が「できましたけど……」と雪だるまを差し出す。

「よしよし。それを、卓の隅にでも置いてたも」

言われるままにテーブルの隅にそれを置くと、美女がパチンと音を立てて扇を閉じた。

「雪の。寒さを少し緩めよ。妾は春が好きじゃ」

刹那、庭を染めていた白がかき消える。降っていた雪も余韻も何もなくピタリと止(や)んで、冷えた空気も、爽やかな春の風に運ばれて消えてしまう。

「な……⁉」

一瞬にして、雪が降ったという痕跡すらもなくなって唖然とした瞬間——テーブルの隅の雪だるまがムクムクと動く。

「わ、わぁっ⁉」

僕はギョッとして、思わず隣に立つ朔にしがみついた。

「……悪くない『器』だの」

雪だるまが、自身をたしかめるように手を上げたり下ろしたりして、息をつく。

「ゆ、雪だるまがしゃべってる……」

「形代ってやつですよ。雪だるまに、雪の掛け軸か書物の付喪神が入ったんですよ。前にも言いましたけど、付喪神は基本的に人に化けるのが苦手です。さらには、華姐さんのような人型をとることすら苦手としているモノも結構いまして」

朔が僕を引っぺがしながら、「そういうモノには、形代が有効なんです」と言う。

「あ……ああ……なるほど……。びっくりした……」

僕はおそるおそる雪だるまに近づくと、そのつぶらな瞳を覗き込んだ。

「ええと、何か呑みますか？」

「無論だ。キツいヤツを頼む。甘いものは好かぬな」

……姿に似合わず、ハードな好みだ。

「平安時代の酒からしたら、すべてキツめだけど……」

腕を組んで少し考えて——再び朔を見る。

「ギムレットとか、マルガリータ、マティーニあたりからいってみるか？」

「……なかなか攻めますね」

だって、キツめって言うから……。それに、雪だるまの身体じゃ量は呑めなさそうだし、少ない量でもガツンとくるのがいいかなって。

僕の言葉に、朔もまた腕を組んで「うーん」と考え込む。

「それでも、最初からテキーラというのは……まずはジンベースからじゃないです？」

「よし。じゃあ、ギムレットから行くか」

シェイカーにジンとライムジュースを適量入れて、ステア。さらに氷を入れて蓋を閉め、軽くシェイクする。

「……普通に振るだけなんですね」

「バーテンダーのような本格的なことはできないよ。僕がバイトしてたのは居酒屋だから。それでも二年も勤めりゃ、たいていのものは作れるようになる」

レシピもばっちり頭に入ってるし。こんなふうに役立つなんて、夢にも思わなかったけど。

「カクテルグラス……じゃないほうがいいか」

カクテルグラスとほぼ背丈一緒だもんな。

「冷酒用のお猪口（ちょこ）……ぐい呑みみたいなのも買ったよな？」

「ああ、ありますよ」

ダウンジャケットを脱ぎながら、朔が頷く。

僕はシェイカーからガラスのお猪口にそれを注ぐと、雪だるまの前に差し出した。

「どうぞ」

「うむ！」

雪だるまは満足げに頷くと、お猪口をピックの両手でしっかりと持って、身体を逸らして一気に呑み干した。

「い、一気ぃ⁉」

予想だにしなかった行動に、思わずギョッとして雪だるまに顔を近づける。

待て待て！　そういう呑み方をするもんじゃないから！

アルコール度数は二十五度以上もあるんだぞ⁉

「ゆゆゆ雪だるまさん⁉　大丈夫なんですか⁉」

「何がだ？　おい、これはすごいのう！　もう一杯頼む！」

いやいやいや、そんなペースで呑む酒じゃないから！　ぶっ倒れても知らないぞ⁉

「さ、朔！　か、神さまやあやかしも酔うよな⁉」

「え？　そりゃ、もちろん。酔わないなら、酒を呑む意味ないじゃないですか」

朔は頷いて——けれどそのあとに、とんでもないことを口にする。

「でも、アルコール耐性は、人間よりよほど強いですよ。二日酔いになった神やあやかしは見たことないですね。っていうか、『二日酔い』ってのがまずありえないです。潰れるには、寝ずの三日三晩はゆうにかかりますから。まぁ、日本酒で……ですけど」

「……なんですって？」

え？　何それ。どうしてそれをもう少し早く教えてくれなかったの？

「寝ずの三日三晩……？」

それにつき合ってたら、僕、普通に死ぬじゃん。

いや、潰そうと思ってるわけじゃないけど、でも神やあやかしにとっての『宴』がそんなレベルなら、ついていける気がしない。

「のう！　のう！　もう一杯！」

青ざめる僕に、雪だるまが身体を揺すって催促をする。

「主。主よ。俺にも、それをくれ。あと、さっきのもだ」

白虎も目をキラキラさせて、空のジョッキを突き出す。――いいけど。

「朔……。日本酒を三日三晩呑み続けられるぐらいの耐性はあるんだな？」

さすがに、こんな呑み方されたらビビるんだけど。本当に大丈夫なんだろうな？

「ええ。でも繰り返しますけど、日本酒での話ですから。アルコール度数の高い外国の酒に対応し切れるかは、未知数です。そこは様子を見ながらにしたいところですけど……」

そこでふと言葉を切り、朔が庭の奥へと視線を向ける。

そして、ニヤリと口角を上げた。

「その余裕はなくなりそうですね」

「っ……！」

雪だるまに夢中になっている間に、庭は大きく様変わりしていた。

木々や草花が減り、代わりに多くの人――の形をしたモノが、点在する庭石に腰を下ろし、優雅に言葉を交わしている。

虎も獅子も、さまざまな鳥たちも、さっきまでは影も形も見えなかった猫やねずみや鶏、犬なんかも、テーブルの周りに集まってきていた。

それだけじゃない。奥向き廊下の妻戸から、さまざまな道具たちがこちらを見ている。

南側の蔵の屋根には、はじめて見る神たちの姿があった。

「ヌシさま……」

華が、嬉しそうに僕の手を引っ張る。僕は頷いて、華の手を握り締めた。

「ああ、これは……」

心臓が高鳴る。

神さまが——道具たちが反応してくれた。

もちろん、僕に興味を持ってくれたわけではないだろう。酒の力だ。わかっている。

それでも、僕と酒を酌み交わしてもいいと思ってくれたことには違いない。

どんな理由だろうと、どんな過程を歩もうと、重要なのは結果だ。

神さまが、道具たちが動いた。

それが、すべてだ！

「……っ……」

枝葉を揺らす風も、暖かな木漏れ日も、静かなせせらぎの音も、なんとも心地がいい。

そしてどこからか、それら自然の美しさを讃える琴や笛の音が響いてくる。

宴の舞台は、整った。

僕は口角を上げ、庭に集まったモノたちをぐるりと見回した。

「さぁ、呑もう！」

5

「大丈夫か？　主」

ポンポンと頭を叩かれて、ハッとする。

慌てて顔を上げると、テーブルの前に立っていた神がニッと唇の端を持ち上げた。

「眠いだろ？　もう三日目の夜だもんな！」

あっはっはと豪快に笑って、バンバンと僕の肩を叩く。

その手のグラスが空いているのを見て、僕はヨロヨロと立ち上がった。

「ごめん……。ちょっと落ちてた……。何を作ろうか？」

「もうだいぶ呑んだからなぁ……。少し甘くて、赤くて、美しいものがいい」

そう言って、神――朱雀は、僕の隣の椅子に腰を下ろした。

白虎と同じく、十二天将の中でももっともよく知られている四獣が一、朱雀。

『南を守護する凶将――朱雀。象意は派手、華美、学問、知恵、美など。目もくらむほどに美しい飾り尾羽を持つ紅い霊鳥であらせられます』

書林の店主が教えてくれたとおり、朱雀はとにかく派手だった。

外見年齢は、僕より少しお姉さんといったところだ。――そう。お姉さん。女神だ。

豊かに波打つ長髪は、鮮やかな緋色。毛先だけが金色に輝いている。大きな瞳も、緋色に金が混じった不思議な色だ。

髪も耳も胸もとも、豪奢な金の装飾品で飾られている。動くたびにそれはシャラシャラと音を立てて、人の気を惹く。

背には紅い翼。そして腰には、書林の店主が言ったとおり、極彩色の美しい飾り尾羽が。

服装は、中国と日本のあいのことといった感じだ。紅い甲冑に美しい裳と付け袖という姿。

「無理はするなよ？　三日間ほとんど寝てないってのは、人の子にはキツいだろ？」

「大丈夫。ほとんど寝てないってことはない。合計したら、一日六時間は寝てると思う」

ただ、それが連続睡眠じゃないってだけだ。一時間寝て一旦起きて、また二時間寝てって感じだから、あまり寝た気がしないだけ。

ワインとカシスリキュールをワイングラスに注ぎ、そっとステアして、朱雀に渡す。

「……！　緋色だ！」

「綺麗だろ？　カーディナルってカクテルなんだ」

言い終わらないうちに、朱雀が待ち切れないといった様子で一口呑む。

どうやら気に入ったらしい。瞬間、ぱぁっと顔を輝かせて、さらにグラスを傾けた。

「ああ、美味い……！」

まるで噛み締めるように言って、朱雀が僕を見てにっこり笑う。

「本当に、こんな美味い酒を飲ませてもらえるとはなぁ……」

「楽しんでもらえてるなら、よかった」

「そりゃ、もちろん。酒が美味くて、楽しくないわけがない」

グラスを揺らして、その美しい緋色をうっとりと眺める。

「花を愛で、月を愛でては、酒を呑む。神は本来そういうもんなんだ」

そして——ひらりと舞う桜の花弁をグラスでつかまえると、楽しげに目を細めた。

「何にも縛られることなく、自由気ままに生きる存在なんだよ」

「自由に……気ままに……」

僕は隣の椅子に腰を下ろして、眉をひそめた。

「じゃあ、ここに囚われているのは嫌じゃないのか？」

「——退屈ではあるな。でも、それも惚れた弱みと言うものよ」

「そうか……」

惚れていたのか。神は。道具たちは。

先の主に。あの——稀代の陰陽師に。

安倍晴明に。

「でも、彼が逝ってからもう千年以上だぞ？　さすがに……」

「ははっ。千年なんて、神には大した年月じゃないんだよ。あやかしには少し長いけどどな。まだまだ昨日のことのようだ」

朱雀が、桜の花弁が浮かんだ酒を呑み干し、カラカラと笑う。

「主よ。お前が気に病むことじゃない。晴明がしたことだ。お前は責任を感じなくていい」

「……！　それは……」

「少なくともアタシは、晴明の願いを叶えるために自らの意思でここにいる。囚われているわけじゃない」

「……そうか……」

それならいいのだけれど。

僕は手の中の水のグラスに視線を落とした。

「なぁ、朱雀。みながこの国を守ってくれるのは、正直ありがたいよ。だけど僕は、みなに不幸であってほしくないって思うんだ……」

この三日間、楽しく酒を酌み交わして、余計にそう思うようになった。

神さまの犠牲の上に、この国が成り立っているのだとしたら――それは本当に正しいことなのだろうか？

僕は次の主として、彼らを縛りつけていていいのだろうか？

僕は、彼らに慕われているわけでも、なんでもないのに……。

「僕は、安倍晴明じゃない。あの偉大な人のようにはなれないんだ」

それなのに――国のために尽くせと、僕はどのツラ下げてみなに言うのだろう？

安倍晴明から、ただ彼らを受け継いでしまっただけの――なんの力もない僕なんかが。

「嫌なことを、強いたくない。解放できるものなら、してやりたい」

でも、それは、この国の守護を失うということ。その先に待つのは――国の滅亡だ。

僕の勝手な思いで、そんな結果を招いていいわけがない。

「国を守るのと同時に、みなを幸せにするためには……僕はどうしたらいいんだろう？」

そう言って、朱雀を見ると――直後、なぜか盛大に噴き出される。んんっ⁉

あれっ⁉　おかしいな。爆笑されるようなことを言った覚えはないんだけど⁉

「す、朱雀⁉」

「ははは！　白虎の言うとおりだな。次の主は晴明とは比べものにならん、なんの力もないただのちんくしゃだが――晴明と同じく面白そうだ！」

朱雀が笑いながら手を伸ばして、僕の頭をグリグリと撫でる。

「わ、わわっ⁉」

「そうだな。たしかに、お前は何もできない。ただのちんくしゃだ。だがな」

そのまま僕の頭をつかんで引き寄せ、僕の顔を覗き込む。

紅と金が混じった鮮やかな瞳が、悪戯っぽく煌めいた。

「神を幸せにしたいなんて、晴明でも言わなかったぞ」

「っ……！」

どきっとする。――しまった。上からものを言っているように響いてしまっただろうか。

「お、おこがましいことを言ってるのはわかってるよ。でも……」

「ああ、そういう意味じゃない。心配するな。おこがましくなんてないさ」

慌てて言い訳しようとした僕を止め、朱雀が首を横に振る。

そして、安心しろとばかりに優しく微笑んだ。

「お前は、それでいいんだと思う。そのほうが、面白い！」

「……朱雀……」

「ああ……。アイツにも会わせてやりたいよ……」

この庭より西側は、黒い闇に沈んでいる。

その夜の帳よりもよほど濃い闇をじっと見つめて、朱雀は悲しげに目を細めた。

「本当は、アイツが一番、晴明を慕(した)っていたんだから……」

「……アイツって……」

あの闇の中にいるのは、騰蛇……だよな？

それは、はじめて聞いた事実だった。騰蛇が一番、安倍晴明を慕っていた？

ふと、先日見た夢を思い出す。あの、穏やかな声を。

『晴明よ。貴様のためならば』

もしかして――？

「――お前さまよ」

しゅるしゅると雅やかな衣ずれの音がして、桃の甘い芳香があたりに漂う。

僕はハッとして、慌てて立ち上がった。――危ない。考えに没頭してしまうところだった。

「おかわり？　清水白桃のリキュール、さっき追加で買ってきてもらったから……」

「……いや」

桃の木の美女が首を横に振る。そして、優雅に扇で口もとを隠し、目を細めた。

「お前さまは面白いの。どれだけ耳触りのよい言葉を吐けど、それはやはり口先だけのこと。反応を見せれば、すぐに『書物に戻れ』などと言い出すであろうと思っていたのだが……」

「……まぁ、そう思うでしょうね」

最終目標がそこであることは、間違いないわけだしな。

ただ、僕に『酒を呑んだんだから、言うことを聞け。書物に戻れ』なんて短絡的なことを言う気がさらさらないだけで。

「僕はわりと表裏がないっていうか……神々の目を欺いて何かを画策するだけの頭などない、ちっぽけな男なんで……」

ニコッと笑うと、美女がなんだか少し悔しげに、剥き出しの白い肩をすくめる。

「そのようだの。この三日、そんなそぶりは露ほども見せぬ。本当に奇妙な男よの」

「……そこは『面白い』のままでよかったんじゃないですか？　桃の君さん」

奇妙とまで言わなくても。

ため息をつくと、美女が「桃の君、とな？」と面白そうに紅い唇の端を持ち上げた。

「妾を表す言葉であることはわかるが、直接的すぎるのう。もう少し、捻りが欲しかったわ。そんなことでは、女を口説くことはできぬぞ」

「……すみません。精進します」

お察しのとおり、彼女いない歴イコール年齢なんで、本当に精進させていただきます。

「ふふっ。ああ、よい気分じゃ」

桃の木の美女——桃の君が、クスクスと笑いながら、夜空を仰ぐ。

「こんなに愉快な思いは、実に久しぶりじゃ」

「それはよかった。僕も、絶世の美女と呑めて楽しいです」

銀の月の光に照らされて、本当に彼女は輝かんばかりに美しい。

花ことばの『私はあなたの虜(とりこ)』は本当にそのとおりだと思う。虜にならざるをえない、鮮やかで、艶やかで、華やかな桃色(ピンク)が誰よりも似合う——豊潤(ほうじゅん)で魅力的な女性だ。

「ふふっ。相変わらず直接的で飾り気のない言葉だが……悪い気はせんの」

桃の君がほんのりと頬を桃色に染めて、銀色に輝く月を見上げた。

「さて、少しばかり酔いが回ったようじゃの。妾は少し眠るとしよう。——本体の中でな」

「……！」

書物の中身が、本体の中で眠るということは——？

僕はハッと息を呑んで、思わず身を乗り出した。

「も、桃の君……！　それは……」

「他意はないぞ？　恩に着せるつもりもない。ただ、よい気分じゃからな。一番くつろげる場所で、誰にも邪魔されることなく、惰眠(だみん)を貪りたくなっただけのことよ」

悪戯っぽく微笑んで、僕の気を惹くように唇に人差し指を当てる。

「妾がそうしたくなっただけのこと。決してお前さまのためではない。何も言ってくれるな。ましてや礼など。そんなことをされては、せっかくの気分が白けてしまうわ」

「桃の君……」

「お前さま――いや、主さまと呼ぼうか」

伸びてきた手が――その美しい白い指が、僕の頬を誘うように撫でる。

そのまま僕の目をじっと覗き込んで、嫣然と微笑んだ。

「また、楽しく呑もうぞ」

それだけ告げて――桃の君が消える。

いや、桃の君だけじゃない。

桜も、梅も、柳も、紅葉も。

菜の花も、野薔薇も、桔梗も、彼岸花も。

鶯も、百舌鳥も、白鷺も、丹頂鶴も。

猫も、犬も、虎も、獅子も。

蝉も、蛍も、コオロギも、すべて。

まるで夢か幻のように、かき消えた。

楽しげな笑い声だけを残して――。

6

「さぁ、今日は今日とて作業が待っております。ゆっくりしている時間などございませんよ。主さま」

「…………」

枕もとの目覚まし時計を見ると——午前九時。僕は頭を抱えて、深いため息をついた。

「……勘弁してください。太常さん……。僕、帰ってきたの六時だったんだけど……」

桃の君が消えたのは夜中の二時を少し回ったところだったけど、そこからずっと文庫蔵の片付けをしてたんだぞ？　華と天空にも手伝ってもらって、六時すぎまで。

っていうか、家に突撃してくるのやめてくれ。僕、一日二時間の約束は守ってるんだから。それどころか、がっつり超過労働してるんだから。プライベートは守ってほしい！

平安時代には、妻問い（つまど）なんかで家に忍んでいくのは普通のことだったかもしれないけれど、今はそれ、不法侵入だから。犯罪だから。やめて。お願い。

僕はボスンと枕に顔を押しつけて、深いため息をついた。

「今日は寝かせてくれ……。僕、ちゃんとミッションクリアーしたよな……？」

「ええ。三日もかかりましたが」

何？　そのあっさりした感じ。そうだけども。たしかに、三日かかったけども。それでも目的は達成したんだから、褒めてくれてもいいいと思う！

「ご褒美として、一日休みをください……。いや、そんな贅沢は言わない。八時間でいい。寝かせてくれ。休みなんていらない。八時間睡眠でいいからください。お願いします……。夕方にはそっちに行くから……」

そのまま離すもんかとばかりに枕を強く抱き締めて、懇願する。マジで、お願いだから！八時間でいい！　寝かせてくれ！　人間、睡眠大事！

そのさまがあまりにも哀れだったのか、太常がやれやれとため息をつく。

「……仕方ないですねぇ。では、夕刻に。約束ですよ？」

本当にしぶしぶと言わんばかりの態度に、釈然としないものを感じてしまう。

何？　お前、なんでそんなに厳しいの？　今回、僕頑張ったと思うよ？

僕は再度深いため息をついて、横暴な太常をにらみつけた。

「褒めてくれなんて言わないから、もう少しいたわってくれてもよくないか？」

「ご冗談を。わたくしに、なんてものを求めるのですか。気はたしかですか？」

えっ⁉　いたわりって、求めちゃ駄目なものだったっけ⁉

僕は唖然として——だけど思い出す。

そうだ。最初から、太常はそう言っていたのだった。

「……ああ、そうか。大家は生かさず殺さずが鉄則だっけ？」

お前の理では、そうなんだっけ。

「ええ」

太常が檜扇をパラリと開き、優雅に口元を隠してにっこりと笑った。

「わたくし、そう教わりましたもので」

今日も、明日も、明後日も、この鬼畜な神さまにコキ使われる日々が続くのだろう。

けれど、それを楽しみだと思う自分もいる。

何もできない情けない主だけれど、丁寧に、大切に紡いでいこうと思う。

神さまとの、あやかしたちとの、縁を。

尊い、尊い、その綾を。

参考文献

「こよみ便覧」太玄斎　国会図書館デジタルコレクションより（1787年）

「銘尽：観智院本」帝国図書館（1939）

「日本建築のかたち―生活と建築造形の歴史」西和夫・穂積和夫著　彰国社（1983）

「日本妖怪大全」水木しげる　講談社（1991年）

「陰陽師「安倍晴明」超ガイドブック」安倍晴明研究会著　二見書房（1999）

「妖怪と怨霊の日本史」田中聡著　集英社新書（2002）

「日本妖怪散歩」村上健司著　角川書店（2008）

柊(ひいらぎ)木さんちの絆(きずな)ごはん

かんのあかね

若いふたりを結ぶのは、祖母が遺したレシピ帖

『受け継ぐものに贈ります』。柊木すみかが、そう書かれたレシピ帖を見つけたのは、大学入学を機に、亡き祖父母の家で一人暮らしを始めてすぐの頃。料理初心者の彼女だけれど、祖母が遺したレシピをもとにごはんを作るうちに、周囲には次第に、たくさんの人と笑顔が集まるようになって——「ちらし寿司と団欒」、「笑顔になれるロール白菜」、「パイナップルきんとんの甘い罠」など、季節に寄り添う食事と日々の暮らしを綴った連作短編集。

◉定価：本体640円＋税　◉ISBN:978-4-434-27040-6

◉Illustration：ゆうこ

Yako Okita
沖田弥子

みちのく銀山温泉

あやかしお宿の夏夜の思い出

花火が咲けば
あやかしたちも空に舞う——

銀山温泉の宿「花湯屋」で働く若女将の花野優香。「あやかし使い」の末裔として、あやかしのお客様が抱える悩みを解決すべく、奔走する毎日を過ごしている。ある日、彼女は地元の花火大会に行こうと、従業員兼神の使いである圭史郎を誘う。けれど彼は気乗りしないようで、おまけに少し様子がおかしい。そんな中、優香は偶然半世紀前のアルバムに、今と変わらぬ姿の圭史郎を見つける。どうやら彼には秘密があるようで——!?　心温まるお宿ファンタジー、待望のシリーズ第2弾!

◉定価：本体640円＋税　◉ISBN:978-4-434-27183-0

◉Illustration：乃希

神様の学校
八百万（やおよろず）ご指南いたします

谷中・幽霊料理人
お江戸の料理、作ります！
相沢泉見
Izumi Aizawa
ほっこり
人情ご飯
召し上がれ
アルファポリス
第2回
キャラ文芸大賞
ご当地賞
受賞作!!
大学進学を機に、谷中でひとり暮らしをすることになった咲。ところが、叔父に紹介されたアパートには江戸時代の料理人の幽霊・惣佑が憑いていた!? 驚きはしたものの、彼の身の上に同情した咲は、幽霊と同居することに。一緒に（？）谷中に住む人たちとの交流を楽しむふたりだが、やがて彼らが抱える悩みを知るようになる。咲は惣佑に習った料理を通してその悩み事を解決していき——
◉定価：本体640円＋税　◉ISBN:978-4-434-26545-7
◉Illustration：庭春樹

この作品に対する皆様のご意見・ご感想をお待ちしております。

おハガキ・お手紙は以下の宛先にお送りください。

【宛先】

〒150-6008 東京都渋谷区恵比寿4-20-3 恵比寿ｶﾞｰﾃﾞﾝﾌﾟﾚｲｽﾀﾜｰ 8F
（株）アルファポリス　書籍感想係

メールフォームでのご意見・ご感想は右のＱＲコードから、
あるいは以下のワードで検索をかけてください。

ご感想はこちらから

アルファポリス文庫

晴明さんちの不憫な大家２

鳥丸紫明（からすましめい）

2020年 3月30日初版発行

編集－加藤純
編集長－太田鉄平
発行者－梶本雄介
発行所－株式会社アルファポリス
〒150-6008東京都渋谷区恵比寿4-20-3恵比寿ｶﾞｰﾃﾞﾝﾌﾟﾚｲｽﾀﾜｰ8F
TEL 03-6277-1601（営業） 03-6277-1602（編集）
URL https://www.alphapolis.co.jp/
発売元－株式会社星雲社（共同出版社・流通責任出版社）
〒112-0005東京都文京区水道1-3-30
TEL 03-3868-3275
装丁イラスト－くろでこ
装丁－AFTERGLOW
印刷－中央精版印刷株式会社

価格はカバーに表示されてあります。

落丁乱丁の場合はアルファポリスまでご連絡ください。

送料は小社負担でお取り替えします。


ISBN978-4-434-27142-7 C0193